Sabine Both
Ein Sommer ohne uns

Sabine Both veröffentlicht auch unter dem Pseudonym Franziska Moll:

Was ich dich träumen lasse
Egal wohin

Sabine Both

Ein Sommer ohne uns

Loewe

Für Petra, Nicole, Sandra und Heike

ISBN 978-3-7855-8222-0
1. Auflage 2016

Umschlag- und Kapitelillustration: Martina Hoffmann
Umschlaggestaltung: Michael Dietrich
Redaktion: Ruth Nikolay
Printed in Germany

www.loewe-verlag.de

Fünf Jahre zuvor

Verena schaut gegen die Sonne zur Terrassentür, legt die Hand schützend über die Augen.

Inge balanciert die Torte. Wie immer mit Zuckerguss überzogen: halb rosa, halb hellblau. Auf der einen Hälfte Herzen aus weißer Schokolade, auf der anderen aus Vollmilch. Dreizehn Kerzen, die Flammen sind im Sonnenschein unsichtbar.

»Pustet ihr zusammen aus?«

Auch nach dreizehn Jahren wünscht sich Inge, dass Verena und Rollo etwas gemeinsam tun. Sich wie Zwillinge benehmen. Zusammenhalten, durch dick und dünn gehen. Wissen, was der andere denkt. Spüren, wie es dem anderen geht.

Verena würde ihr den Gefallen gerne tun. Aber Rollo lacht nur.

»Bis Verena Luft geholt hat, hab ich schon einen Großbrand gelöscht«, sagt er.

Dann also wie immer. Verena gibt Rollo einen Stoß. Er hat nicht damit gerechnet, schwankt zur Seite, prallt gegen den Tisch, jault auf. Verena beugt sich über den Kuchen und pustet. Acht schafft sie auf Anhieb. Gleich wird Rollo ihr in die Quere kommen. Sie schnappt nach Atem, der wegbleibt. Sie wird es nicht schaffen. Da kommt unerwartete Hilfe von der Seite. Tom macht Wind für drei. Die letzten fünf Flammen erlöschen, bevor Rollo der Torte nahe kommt. Dafür ist Tom nahe. Sie sieht sein Gesicht durch den Rauch, der von den Dochten aufsteigt.

»Jetzt darf sich nur Verena was wünschen«, verkündet Tom.

Verena wünscht sich etwas. Sie muss nicht nachdenken, es wünscht sich von alleine.

Rollo stößt Verena zur Seite, beugt sich über die Torte, als wollte er sie mit einem Bissen verschlingen. Zieht aber nur die Kerzen heraus und verwendet sie eine nach der anderen als Wurfgeschoss. Sie landen in den Azaleen. Rollo ist ein schlechter Verlierer. Immer schon gewesen. Und weil das alle wissen, bleibt sein Verhalten unkommentiert.

»Was wünschst du dir?« Hannes legt Verena den Arm um die Schulter. Auch wenn er nur der Nachbar ist, gehört er zur Familie. So fühlt es sich für Verena an. Hannes und Sigrid und Tom. Weil sie schon so gut wie immer da waren.

Verena weiß noch, wie sie Tom das erste Mal gesehen hat. Sie muss drei gewesen sein, als Hannes und Sigrid die Doppelhaushälfte gekauft haben. Tom auf seinem roten Fahrrad mit der Piratenflagge ist die erste Erinnerung, die Verena aus ihrem Leben vor Augen hat. Tom, der schon Fahrrad fahren konnte. Tom, der auf sie zuraste, vor ihr bremste und lächelte. Tom, von dem Verena sofort wusste, dass sie ihn mögen würde.

Weil Verena immer noch nicht geantwortet hat, ruft Bernd: »Sie wünscht sich, dass die Pubertät an uns allen glimpflich vorübergeht!«

»Dass sie sich nie wieder mit ihrem Bruder streitet«, sagt Inge.

»Dass sie diese Bombenfigur behält«, sagt Sigrid.

Verena sagt: »Ich lass mir doch nicht von euch meinen Wunsch vorsagen. Außerdem geht der keinen was an. Er geht nur in Erfüllung, wenn man ihn nicht verrät.«

Die Erwachsenen prosten mit Sekt, die Kinder mit Apfelschorle. Inge verteilt Kuchenstücke. Rollo bekommt als Erster, damit er besänftigt ist. Essen zieht bei ihm immer. Dass er genauso alt ist wie Verena, ist schwer zu glauben. Auch wenn er größer ist als sie.

Geschenke wandern um den Tisch. Rollo reißt sofort auf, was er in die Finger bekommt. Von Bernd und Inge eine Jahreskarte fürs Stadion. Von Sigrid und Hannes ein Trikot seiner Lieblingsmannschaft. Von Tom ein Furzkissen. Jeder muss sich draufsetzen. Jedes Mal wird gelacht, als wäre es das erste Mal.

Tom ist nur zwei Monate älter. Auch Tom hat Mist im Kopf. Aber trotzdem ist er anders. Verena sieht es seit ein paar Wochen. Etwas an ihm hat sich verändert. Eher innen als außen. Es ist sein Blick. Und was er manchmal sagt. Tom war immer schon klug. Konnte immer beides. Im Schlamm catchen mit Rollo und über Filme reden mit Verena. Aber in letzter Zeit ist da in seinen Augen etwas Neues. Etwas, das Verena verlegen macht.

Tom ist an der Reihe. Zwischen ihm und Verena sitzt Bernd, der zurückweicht, als Tom das Geschenk herüberreicht. Seine Handflächen sind feucht. Kleben am Geschenkpapier. Als Verenas Hände näher kommen, möchte er das Geschenk zurückziehen. Es umtauschen gegen das, was er ursprünglich besorgt hatte. Einen Kackhaufen aus Plastik. Sie würden alle lachen. Das Furzkissen und der Kackhaufen wären ein echt gutes Team. Aber jetzt sind ihre Hände schon da, greifen nach dem Geschenk. Ihr Finger, er denkt, es ist der Mittelfinger, streift dabei seine Hand. Er spürt die Berührung im ganzen Körper. Das Gefühl bündelt sich in den Lenden. Der Schwanz steht. In Sekundenschnelle.

Das macht er in letzter Zeit dauernd. Wenn Tom durch die Lücke im Zaun in den Garten kommt und Verena im Bikini auf der Sonnenliege liegt. Auf ihrer Haut spiegeln sich die Tropfen, die sie aus dem Planschbecken mitgenommen hat. Sie passen gerade noch hinein, nebeneinander. In das Planschbecken, das Bernd so oft geflickt hat, dass es aussieht wie eine Landkarte. Die Landkarte ihrer gemeinsamen Kindheit. Zaun an Zaun. Tür an Tür. Unter Wasser löst sich die Form ihrer Beine auf. Setzt sich wieder zusammen, wenn sie aufsteht, über ihm steht. Der Stoff des Bikinis presst sich an ihre Haut. An die kleinen Erhebungen unter dem Oberteil. Er sieht sie wachsen. Er sieht weg. Und doch immer wieder hin. Wie sie unter dem T-Shirt aussehen. Wie sie aussehen, seit sie einen BH trägt. Wie sie aussehen, wenn sie auf dem Trampolin springt. Sie führen ein Eigenleben.

»Danke.« Verena schüttelt das Geschenk, als könnte sie so hören, was drin ist.

Aber es macht kein Geräusch. Es hat das Taschengeld der letzten Monate verbraucht. Kein neues Skateboard also. Er hofft, dass es das wert ist. Dass sie lächelt. Wie Verena lächelt. Wenn sich ein Marienkäfer auf ihren Arm setzt. Wenn sie in einen See gesprungen ist und wieder auftaucht. Wie sie gelächelt hat, als er sie das erste Mal gesehen hat. Er weiß es noch genau. Sogar was sie anhatte. Ein Sommerkleid, rot mit weißen Tupfen. Ihre Knie waren aufgeschürft. Ihre Haare hingen ihr ins Gesicht. Wie sie es auch jetzt noch tun. Da kann sie dran rumstylen, wie sie will.

Verena reißt das Papier ab. Er sieht auf ihren Mund. Ihre Lippen. Sie formen ein Oh. Dann ziehen sie sich an den Mundwinkeln hoch. Verena lächelt, wie Verena lächelt.

»Was ist es denn?«, will Inge wissen.

Verena drückt das Geschenk an sich. Noch ist es zusammengerollt. Ein Bündel Stoff in Verenas Händen. Aber sie hat es schon erkannt.

»Das hast du dir gemerkt?«, sagt sie.

Sie sieht ihn an. Und Tom möchte wegsehen. Auf den Tisch, die Pappbecher, die Luftschlangen, die sich um die Teller kringeln. Er kann so viel Freude in Verenas Augen kaum aushalten. Am liebsten würde er etwas schreien. Strike! Aber er bleibt nach außen ganz gelassen. »Klar hab ich mir das gemerkt.«

Und tatsächlich hat er jeden Tag daran gedacht. Bis er das Geld zusammenhatte. Er ist, so oft er konnte, zu dem Geschäft geradelt und hat im Schaufenster überprüft, ob es noch da ist. Als es nicht mehr da war, ist er in den Laden gerannt und hatte das Gefühl, ihm kämen gleich die Tränen. Es hing ganz hinten zwischen vielen anderen. Er hat das hässlichste Kleid ausgesucht und ihres hineingehängt, damit es niemand finden konnte. Einmal war er im Geschäft, als ein Mädchen es doch entdeckt hatte. Es mit in die Umkleide genommen, sich draußen vor dem Spiegel begutachtet hat. Er hat gesagt, das Kleid macht einen fetten Hintern, sie soll es bloß nicht kaufen. Sie hat es nicht gekauft. Es tut ihm leid, dass sie jetzt dauernd über ihren vermeintlich fetten Hintern nachdenken muss. Aber das war es wert. Weil Verena gar nicht aufhören kann zu lächeln.

Verena steht in ihrem Zimmer vor dem Spiegel. Das Kleid schmiegt sich an den Körper, als sei es für ihn gemacht. Das Kleid, das Mama ihr nie gekauft hätte, weil es sich an den Körper schmiegt, als sei es für ihn gemacht. Das sie im Schaufenster gesehen hat, als sie mit Tom, Felix, Anna und Rollo ein Eis essen war. In das sie sich sofort verliebt hat. Weil es etwas aus ihr macht, das vorher nicht da war.

Sie dreht sich, versucht, ihre Rückansicht im Spiegel zu sehen. Sie kann sich keinen Reim auf das machen, was sie sieht. Der unsichtbare Gürtel, der sich um ihre Taille spannt und die Hüften leicht hervortreten lässt. Eine Frau, die keine Frau ist. Ein Kind, das kein Kind ist. Ob Tom sehen wird, dass das Kleid sich an ihren Körper schmiegt, als sei es für ihn gemacht? Ob er sehen wird, dass das Kleid etwas aus ihr macht, das vorher noch nicht da war? Ob er lächeln wird, wie Tom lächelt? Wenn er ein neues Level in seinem Lieblingsgame erreicht hat. Wenn er das Gesicht in den Regen streckt und sich schüttelt wie ein nasser Hund. Wenn er einen großen Bissen Pfannkuchen mit Nutella isst. Die Schokolade klebt in seinen Mundwinkeln und lässt das Lächeln umso breiter wirken. Sigrid wischt sie weg mit Daumen und Zeigefinger. Es wäre auch möglich, sie wegzuküssen.

Anna hat schon einen Jungen geküsst. Der Junge hat nach Pfefferminz geschmeckt, weil er ein Kaugummi im Mund hatte. Anna sagt, Küssen ist ganz einfach. Zunge rein und rühren. Mama und Papa rühren nicht. Und Hannes und Sigrid auch nicht. Bei denen sieht es aus, als würden sie aneinander saugen. Bei Mama und Papa eher wie knabbern.

Verena legt den Handrücken an die Lippen und saugt daran. Und knabbert. Sie streckt die Zunge raus und leckt im Kreis über die Haut. Sie schmeckt salzig. Ob Tom auch salzig schmeckt?

Tom muss immer wieder zur Terrassentür schauen. Die Sonne blendet. Er kneift die Augen zusammen. Verena braucht lange für das Anprobieren. Dabei ist das Kleid nur eine elastische Wurst aus Stoff, ohne Knopf, ohne Reißverschluss. Vielleicht fühlt sie sich nicht wohl darin. Sie hat es vorher nie anprobiert. Vielleicht passt es nicht. Es war eine dumme Idee, ihr etwas zu schenken, von dem er nicht weiß, ob es passt. Tom denkt an den Hintern des Mädchens im Geschäft. Vergleicht ihn mit Verenas Hintern. Er kann nicht dicker sein. Er ist nicht dick. Er ist. So ziemlich. Das Heißeste an Hintern, was Tom je gesehen hat. Weil es Verenas Hintern ist. Den er nackig kennt. Damals war er schmal wie seiner. Und jetzt hat er sich verändert. So, dass er nicht mehr an ihn denken kann, ohne dass sein Schwanz steht.

Er weiß nicht, ob das normal ist. So oft. Dauernd. Ungefragt. Auch in Situationen, in denen er es nicht gebrauchen kann.

Er will Hannes nicht fragen, Sigrid erst recht nicht. Und auch nicht Inge und Bernd. Mit Rollo kann er nur über Games reden und Sport und Essen. Über Schwänze haben sie noch nie gesprochen.

Er sieht wieder zur Terrassentür. Und da steht sie, noch im Schatten des Wohnzimmers. In dem Kleid. Das aussieht, als sei es für ihren Körper gemacht. Das Verena zu etwas macht, das sie vorher nicht war. Tom hört sich nach Luft schnappen. Verena kommt näher, barfuß, in dem Kleid, das er ihr geschenkt hat. Sie schreitet. Ihre Hüften wiegen. Die anderen haben sie jetzt auch entdeckt. Die Väter pfeifen durch die Zähne. Sigrid klatscht. Inge schlägt die Hände vor das Gesicht und lugt durch einen Spalt in den Fingern.

»Ist dieses Wesen meine Tochter?«, fragt sie. Und sagt: »Das ziehst du aber nicht in der Schule an!«

Verena dreht sich um die eigene Achse.

Rollo sagt: »Voll nuttig.«

Verena zeigt ihm den Mittelfinger. Dann steht sie vor Tom. Sie sagt: »Das ist das coolste Geschenk von allen.« Sie stellt sich auf die Zehenspitzen, lehnt den Oberkörper an seinen und gibt ihm einen Kuss auf die Wange. Tom steht in Flammen.

Verena wird rot. Sie spürt die Hitze in sich hochsteigen. Als wenn das der erste Wangenkuss gewesen wäre, den sie Tom je gegeben hat. Es ist der tausendste. Aber die anderen hat sie nicht gespürt. Sie haben sich nach nicht mehr angefühlt als nach Lippe auf Haut. Dieser fühlt sich an, als hätte sie sich etwas genommen. Ein Stück von Tom. Als hätte sie es gestohlen, um es zu hüten wie einen Schatz. Es ist nicht der erste Schatz, den sie geraubt hat. Das T-Shirt, das er bei ihnen vergessen hat, liegt zwischen Verenas Strumpfhosen. Sie riecht daran, wenn sie sicher ist, dass niemand hereinkommt. Und schaut dabei die Fotos an. Auf denen alle verschwimmen, als wären sie unscharf fotografiert. Schärfe hat nur Tom.

Verena setzt sich, weiß nicht recht, was sie mit den Beinen machen soll. In dem Kleid muss sie sich anders verhalten. Sie stochert mit der Gabel in dem Kuchenstück herum, das sie nicht mehr essen wird, weil sie satt ist. Ihr Körper hat genug anderes zu tun, als Kuchen zu verdauen. Sie muss ihn im Zaum halten. Irgendwie.

Sie weiß, dass Tom sie ansieht. Sein Blick brennt sich in ihre Seite. Sie überlegt, den Kopf zu wenden, seinen Blick zu erwidern. Sie traut sich nicht. Verteilt die Krümel auf dem Teller gleichmäßig am Rand. Traut sich doch. Sein Kopf dreht sich weg, als ihrer sich ihm zuwendet. Er holt das Handy aus der Tasche, tippt drauf herum. Er ist beschäftigt. Oder er tut beschäftigt. Wenn Verena diese Dinge nur wüsste. Aber Verena weiß rein gar nichts. Wie sie herausfinden kann, ob sie in Tom auslöst, was er in ihr auslöst. Wie sie sicher sein kann, dass sie sich nicht zum Narren macht. Wie das alles geht. Dieses ganze Ding zwischen Junge und Mädchen. Und das auch noch mit Tom.

»Alles in Ordnung, Schatz?«, fragt Inge.

»Klaro.«

»Es steht dir. Auch wenn ich mich erst daran gewöhnen

muss, dass du jetzt Kleider trägst, die dich im Handumdrehen in eine kleine Lady verwandeln.«

»Ich bin keine kleine Lady, Mama. Das ist echt voll peinlich.«

Inge lacht. »Ist schon komisch. Die ganze Zeit denke ich, ich sei noch jung. Und dann gibt es da plötzlich eine andere junge Frau in der Familie. Und ich fühle mich zum ersten Mal alt.«

»Du bist doch nicht alt.«

Inge sieht Verena an mit diesem Blick: *Das verstehst du noch nicht*. Und Verena weiß, dass das stimmt. Dass sie so einiges noch nicht versteht. Dass ihr das bisher egal war. Aber jetzt will sie alles wissen. Für einen Moment denkt sie daran, Inge zu fragen. Aber die würde zurückfragen. So lange bohren, bis Verena den Namen ausspuckt.

»Bei dir ist es ja auch sowieso egal, wie alt du bist«, sagt Verena.

Inge zieht fragend die Augenbrauen hoch.

»Du bist verheiratet. Papa liebt dich. Und du liebst ihn. Und das bleibt auch für immer so.«

Inge legt den Arm um Verena. Eigentlich ein ganz normaler Vorgang. Aber seit einer Weile fühlt es sich anders an. Halb schön, halb eng.

Tom tippt Buchstaben, die keine Sätze ergeben, die keine Nachricht sind, die er nicht senden wird, die er nur in den Chat mit Sigrid tippt, damit Verena denkt, er sei mit etwas anderem beschäftigt. Und nicht mit ihr. Obwohl sie doch unbedingt wissen soll, dass ihn nichts anderes beschäftigt. Nur sie. In letzter Zeit passiert Tom das oft. Dass die Dinge nicht mehr eindeutig sind, dafür paradox, kompliziert.

Rollo setzt sich neben Tom. Erst einmal gibt es eine Kopfnuss, dann beginnt Rollo das Gespräch, wie Rollo nun mal Gespräche beginnt. »Eh, du alter Arsch, was geht ab?«

»Nichts.«

»Wow, nichts. Kann ich mitmachen?«

»Kannst du nicht.«

Rollo schnappt sich das Handy. »Wem schreibst du denn da?« Er sieht den Buchstabensalat und schaut Tom an wie etwas Unerklärliches. »Bist du besoffen?«

»Von Apfelschorle?«

»Wieso schreibst du deiner Mutter so einen Brei?«

»Geheimsprache.«

»Nicht dein Ernst, Alter.«

»Doch.«

»Damit dein Vater es nicht lesen kann?«

»Genau das.«

»Krass, Alter.« Rollo drückt auf *Senden.*

»Bist du irre?«

»Wieso?«

»Ich war noch nicht fertig!«

Rollo schaut gebannt zu Sigrid.

Sigrid kramt in ihrer Tasche, liest, liest noch mal, schaut rüber zu Tom und zieht fragend die Augenbrauen hoch.

»Die hat keinen Schimmer, was da steht.«

Tom greift nach dem Handy und verpasst Rollo einen Hieb gegen den Oberarm.

»Aua, Arschloch.«

»Selber Arschloch.«

Rollo grinst. »Trinken wir heimlich die Pfützen aus den Sektgläsern?«

»Nein, Idiot.«

»Wieso nicht?«

»Weil du gerade dreizehn geworden bist.«

»Ein Grund mehr.« Rollo deutet unter den Tisch. Da steht die halb volle Sektflasche. Tom weiß genau, was Rollo denkt.

Sie könnten unter dem Tischtuch verschwinden. Wie früher. In die Höhle zwischen den Füßen. Zuschauen, wie Sigrid den Schuh abstreift, mit dem nackten Fuß an Hannes' Bein hochwandert. Tom möchte unter den Tisch. Er möchte Verenas Beine sehen. Wie sie aus dem Kleid ragen. Wie sie sie ineinander verschlungen hat, als seien sie aus Gummi.

»Werd erwachsen!«, sagt Tom.

»Ich denk nicht dran.« Rollo seufzt. »Mit dir ist echt nichts mehr los.«

Das Ende des Gesprächs läutet ein Griff in Toms Nacken ein. Tom jault auf. Sein Blick fängt Verenas Blick ein. Sie sieht aus, als täte ihr der Nacken weh, nicht ihm. Er grinst, schlägt mit dem Arm Rollos Hand weg. Will nicht als Verlierer dastehen. Springt auf. Wirft sich auf Rollo. Sie kippen auf den Rasen, reißen den Stuhl um. Tom ist oben, bis Rollo ihn im Schwitzkasten auf den Rücken wirft. Dann umgekehrt. Es geht hin und her. Wie immer. Kraft haben beide gleich viel. Die Mütter stöhnen. Die Väter feuern an. Tom versucht Verenas Stimme aus den anderen zu filtern. Aber sie sagt nichts. Als er unten liegt, kann er sie für einen Moment sehen. Sie sieht genervt aus.

Verena fragt sich, was Jungen dazu bewegt, andauernd ihre Muskelkraft zu messen. Vielleicht hat sie sich doch getäuscht. Vielleicht ist Tom nicht ein Quäntchen erwachsener als Rollo. Vielleicht projiziert sie das, was die Hormone in ihr machen, nur auf Tom, weil er eben da ist. Immer da war.

Tom hat Verenas Gedanken gelesen. Er schlägt mit der Hand auf den Boden und ruft: »Ich gebe auf! Das ist mir zu blöd.«

Rollo springt wie ein siegestrunkener Boxer im Garten herum, Tom rappelt sich auf, klopft die Kleider ab. Er ist jetzt schmutzig, grün vom zermalmten Gras. Er kommt auf Verena zu. Sein Grinsen ist schief. Genau wie die Neigung seines Kopfes. Sie neigt ihren automatisch in dieselbe Richtung.

»Kinderkacke«, sagt Tom. »Ich mach das nur für Rollo. Der braucht das ab und zu.«

Verena ist glücklich, dass Tom der ist, den sie in ihm sieht. In seinen Haaren stecken Grashalme. Verena entfernt einen. Sie spürt die Dicke seiner Haare.

»Du siehst toll aus in dem Kleid«, sagt Tom. »Echt mega.«

Verena sagt nichts, bleibt mit dem Blick zwischen seinen strubbligen Haaren auf der Suche nach Grashalmen. Sie zupft einen nach dem anderen heraus. Sieht, wie sich Schweißperlen auf Toms Stirn bilden, direkt am Haaransatz. Und hätte nichts dagegen, sie zu berühren. Der letzte Grashalm segelt auf den Boden. Verena schaut ihm nach. »Das wär's«, sagt sie. Sie könnte sich jetzt umdrehen. Noch vor ein paar Wochen wäre es das Normalste auf der

Welt gewesen, sich einfach umzudrehen. Zu kommen und zu gehen, wie es ihr in den Kram passt. Zu Tom, der dazugehört wie Essen, Schlafen, Atmen. Der jetzt alles schwer macht. Essen, Schlafen, Atmen.

Tom fragt sich, ob die Energie, die sich zwischen ihren Körpern aufbaut, bei einer Messung jede Skala sprengen würde. Er möchte diese Energie für immer spüren und kann sie doch nicht eine Sekunde länger aushalten.

Bernd zerstört das Energiefeld, stellt sich so dicht neben Verena, dass die Spannung in alle Richtungen entweicht. »Sekt ist alle«, sagt Bernd. »Wir haben hier keinen mehr. Kannst du schnell rübergehen und welchen holen, Tom?«

»Muss das sein?«

»Bring auch noch irgendein leckeres Eis mit. Oberstes Fach in der Truhe«, ruft Sigrid.

»Sehr wohl, meine Königin!«

Tom ist schon an der Lücke im Zaun, als er hinter sich Schritte hört. Leise Schritte, gedämpft durch das Gras. Barfußschritte.

Verena läuft auf ihn zu. »Ich helf dir tragen.«

Sie gehen nebeneinanderher. Ihre Arme schlenkern. Von Zeit zu Zeit streift ihre Hand seine. Er weicht nicht aus. Sie weicht auch nicht aus. Tom fragt sich, ob ihre Hände sich auch früher so berührt haben. Und wieso er sich nicht daran erinnern kann, die aktuellen Berührungen aber nie wieder vergessen wird.

Sie gehen ins Haus, die Treppe in den Keller hinunter. Er vor. Sie hinter ihm. Es ist kühl im Keller. Seinem aufgeheizten Körper kommt das entgegen. Es beruhigt ihn. Sie suchen den Sekt. Der Auftrag macht die Stimmung locker. Sie scherzen. Sie lachen. Sie öffnen die Gefriertruhe. Aus ihrem Inneren steigt eiskalter Dampf.

»Welches?«, fragt Verena.

Wie immer sind geschätzt zehn Eissorten in der Truhe. »Keine Ahnung. Nehmen wir deine Lieblingssorte. Du hast Geburtstag.«

»Schokolade.«

»Seit wann das denn?«

»Seit heute.«

»Schokolade ist meine Lieblingssorte.«

»Ich weiß.«

»Du sagst Schokolade, damit ich bekomme, was ich will?«

Sie zuckt mit den Schultern.

»Aber du bist der Vanilletyp.«

»Der Vanilletyp?«

»Ja. Alles an dir ist Vanille.«

Es ist raus, ehe er es hat prüfen können. Und er weiß, dass es sich anhört wie etwas, das Tom noch nie zu Verena gesagt hat. *Alles an dir ist Vanille.* Er hätte so etwas nicht sagen dürfen. Er hätte nicht eine Sekunde länger warten können, so etwas zu sagen.

Verena fragt sich, wieso sie sich die ganze Zeit unsicher war. Obwohl es so eindeutig ist. Obwohl ihr jetzt, nachdem er das gesagt hat, klar wird, dass sie es schon die ganze Zeit gewusst hat. Sie sagt - es kommt wie eine Feder leicht über ihre Lippen: »Und an dir ist alles Schokolade.«

Tom lächelt. »Vanille und Schokolade zusammen ist nicht zu toppen. Schokoladeneis mit Vanillesoße. Vanilleeis mit Schokosoße. Schokostreusel. Schoko-«

»Pst!«, macht Verena und legt den Finger auf die Lippen. Sie ist jetzt ohne jede Scheu. Ihr Körper ist wieder ganz ihrer, bewegt sich geschmeidig, von alleine. Verena tritt einen Schritt auf Tom zu. Sie stehen jetzt so nah, dass der Stoff ihrer Kleidung sich bereits berührt. Verena muss den Kopf weit nach hinten legen, um seinen Blick nicht zu verlieren. Jetzt will sie ihn nicht mehr verlieren. Seine Hand wandert in ihren Nacken. Das ist angenehm. Sie muss die Schwere ihres Kopfes nicht mehr alleine halten. Tom zieht sie noch etwas näher an sich. Legt den anderen Arm um ihre Schultern. Ihr Körper spürt seinen. Er ist warm. Das einzig Warme in dem Raum unter der Erde, in den die geöffnete Gefriertruhe Eisatem schickt. Sie stellt sich auf die Zehenspitzen. Er beugt seinen Kopf zu ihr. Sein Atem fährt über ihre Haut. Sie kann ihn riechen. So riecht er. Hat er immer schon gerochen. Riecht er erst seit wenigen Wochen. Sie denkt nicht. Nicht ans Knabbern, ans Saugen, ans Rühren. Sie legt ihre Lippen auf seine und alles andere ergibt sich von selbst.

Tom sieht Verena an. Sie sieht immer noch so aus wie vorher. Und ganz anders. Sie lächelt. So wie Verena lächelt. Wenn sie Torte isst. Wenn der erste Schnee fällt. Wenn Tom sie geküsst hat.

Er sagt: »Das wollte ich schon seit Wochen machen.«

Sie sagt: »Aber ich habe mich nicht getraut.«

Er: »Weil ich nicht wusste, ob du es auch willst.«

»Wie dumm.«

»Saudumm.« Er streichelt ihr die Strähne aus der Stirn. Sie

sieht so wunderschön aus im Halbdunkel des Kellers. »Wir nehmen also Vanille und Schokolade mit hoch?«

»Was sonst.«

Sie lachen. Wie gut das ist, so mit ihr zu lachen. Tom hatte schon befürchtet, nie wieder so mit ihr lachen zu können. Sich nie wieder normal zu fühlen in ihrer Gegenwart. Nie wieder ihr Kumpel sein zu können, jetzt, da er in sie verliebt ist.

Sie stellt sich zurück auf die Zehenspitzen, streckt ihm den Mund entgegen. Der zweite Kuss ist anders als der erste. Jetzt denkt er nicht die ganze Zeit daran, dass sie es tatsächlich tun. Jetzt spürt er, wie sich ihre Zunge anfühlt, wie die Lippen. Er nimmt wahr, wie sich seine Spucke mit ihrer mischt, wie ein ganz besonderer Geschmack entsteht. Seine Hände streicheln ihren Rücken. Und auch ihre Hände wandern hoch und runter über sein Shirt. Sein Schwanz steht. Er möchte nicht, dass sie das spürt. Auch wenn er nichts lieber möchte, als dass sie es spürt. Vielleicht werden diese Dinge irgendwann wieder eins ergeben. Bis dahin kann er mit dem Zwiespalt leben. Jetzt kann er mit allem wieder leben.

»Ach du Scheiße!« Rollos Stimme hallt im Keller wider. »Ich kotz gleich.«

Verena löst sich von Tom, weicht zurück. Auf ihren Lippen glänzt Feuchtigkeit. Sie wischt mit dem Handrücken darüber.

Rollo sagt: »Das ist megaekelhaft.« Er macht ein Geräusch, als käme ihm jeden Moment was hoch.

Verena beugt sich über die Truhe und greift nach dem Schokoladeneis. Tom nimmt das Vanilleeis. Sie schließen die Truhe gemeinsam. Als sie sich umdrehen, ist Rollo weg.

»Der geht petzen«, sagt Verena.

»Und wennschon«, sagt Tom. Soll er doch Zeit haben, die Sensation in den gallegrünsten Farben auszuschmücken. Zeit, in der Tom Verena einen dritten Kuss geben kann.

Verena spürt das kalte Eis in der Hand. Neben sich spürt sie Tom. Mit ihm an ihrer Seite ist alles nicht so schlimm. Auch nicht dieser Gang über den roten Teppich. Rampenlicht. Alle Blicke sind auf Verena und Tom gerichtet. In allen Gesichtern ist Neugierde und Sensationslust zu sehen. Oder ist es doch etwas anderes? Etwas, das Kinder nicht deuten können, weil sie es erst deuten können, wenn sie selbst Kinder haben?

»Müssen wir jetzt so tun, als hätte Rollo es uns nicht erzählt?«, fragt Hannes.

»Müssen wir dann so tun, als ob Rollo bei irgendwas die Klappe halten könnte?«, fragt Verena zurück.

So einfach ist das. Alle lachen.

Verena dreht sich zu Tom, zwinkert ihm zu. Er weiß direkt, was sie meint. Jetzt weiß er wieder direkt, was sie meint. Jetzt sieht sie ihn wieder an, ohne Angst davor zu haben, dass er direkt weiß, was sie meint, wenn sie ihn ansieht.

Er sagt: »Und jetzt noch mal für alle«, zieht Verena zu sich und verpasst ihr einen fetten Schmatzer auf die Lippen.

»So sah der Kuss im Keller aus?«, fragt Sigrid enttäuscht, schnappt sich Hannes und schmatzt ihm ein ähnliches Kaliber auf die Lippen. Und auch Inge und Bernd machen lautstark mit.

»Nein!« Rollo fühlt sich verarscht. »Eben war es mit Zunge. Ich hab es genau gesehen.«

Wieder lachen alle.

Inge geht auf Rollo zu. »Mein armer Sohn. Jetzt bist du allein unter verliebten Paaren.« Sie zieht ihn an sich. »Komm, du bekommst einen Kuss von Mama.«

Rollo windet sich aus dem Griff und flieht kreischend hinter den Holunderbusch.

Verena greift nach Toms Hand. Es fühlt sich so gut an, ihn einfach zu berühren. Zu wissen, dass er berührt werden will.

Tom genießt es, Verenas Hand zu halten. Er hat so oft davon geträumt, jetzt tut er es tatsächlich.

Bernd sagt: »Ich will ja nicht angeben und behaupten, ich hätte das schon immer gewusst, aber ... ich hab schon immer gewusst, dass bei euch mal der Funke überspringen wird.«

»Ihr passt so toll zueinander«, sagt Sigrid.

»Wie füreinander gebacken«, stimmt Inge zu. »Und vor unsympathischen Gegenschwiegern müssen wir uns jetzt auch nicht mehr fürchten.«

Wahrscheinlich sieht sie vor Augen, was Tom selbst durch den Kopf geht. Dass er und Verena für immer glücklich sein werden. Wie Mama und Papa. Wie Bernd und Inge.

»Was denkst du?«, fragt Verena und lächelt ihn an.

Er streicht ihr die widerspenstige Strähne aus dem Gesicht. »Ich denke: Ich darf dir jetzt für immer diese Strähne aus dem Gesicht streichen.«

Und sie sagt: »Ja. Du. Und sonst niemand.«

Jetzt

1

Verena träumt. Sie atmet den Duft von nassem Holz ein. Der Wald ist feucht. Tropfen fallen von den Ästen. Bei jedem Schritt, den sie geht, sinken ihre Füße in das nasse weiche Moos. Es ist nicht kalt. Trotz des Nebels scheint die Sonne. Nässe glitzert. Es ist schön. Und fremd. Verena fühlt sich gut. Auf eine Weise, die ihr neu ist. Sie ist ganz alleine. Und doch weiß sie, dass da noch jemand ist. Im Grün versteckt. Nass wie sie. Sie spürt es in den Fußsohlen. Schritte erreichen sie durch den Erdboden. Jemand kommt auf sie zu. Sie freut sich. Spannung breitet sich in ihrem Körper aus. In Armen, Beinen, im Nacken. Schemenhaft ist ein menschlicher Umriss im Nebel zu erkennen. Er kommt auf sie zu. Es ist ein Mann. Es ist nicht Tom. Sie wusste bereits, dass es nicht Tom sein würde. Er streckt die Hand aus, steht direkt vor ihr. Sie berührt seine Fingerspitzen mit ihren. Alles an ihm ist neu. Sie ist neu. Er sagt: »Dein Schatz ruft an!«, mit Toms Stimme.

Verena schreckt auf. Das Handy liegt auf dem Nachttisch. Obwohl es immer diesen Spruch ausspuckt, wenn Tom anruft, fällt Verena darauf rein. Schaut sich um, ob Tom nicht doch im Zimmer steht. Er ist nicht da. Natürlich nicht. Auf dem Display steht sein Name. Leuchtet sein Foto.

»Dein Schatz ruft an! Dein Schatz ruft an!«

Noch einmal, dann wird die Mailbox rangehen. Verena lässt sie rangehen. Sie hat Angst, dass er ihrer Stimme anhört, dass sie geträumt hat. Was sie geträumt hat. Dass sie es schon wieder geträumt hat. Es ist vier Uhr nachmittags. Wieso sie eingeschlafen ist, weiß sie nicht. Sie wollte nur kurz die Augen schließen, bevor alle kommen. Von unten hört sie Inges Stimme, Teller klappern. Sie steht auf, sieht sich im Spiegel an. Natürlich ist sie nicht nass.

Tom findet, auf die Mailbox zu sprechen macht keinen Sinn. Es gibt nichts Wichtiges zu sagen. Sie haben sich noch vor zwei Stunden gesehen. Sie haben die Nacht zusammen verbracht, um zwölf angestoßen, nur sie beide, im Bett. Sie haben ausgeschlafen. Mit Rollo, Inge und Bernd gefrühstückt. Er hat sogar gesungen. Obwohl er nicht singen kann. Richtig gefeiert wird am Abend. Noch eine Stunde. Dann sieht er sie sowieso wieder. Er weiß auch nicht, warum er sie anruft. Etwas in ihm möchte sich vergewissern, dass sie noch da ist.

Er schaut auf die Dinge, die vor ihm auf dem Schreibtisch liegen. Die Geschenkpapierrolle. Das Klebeband. Er hätte gerne noch einmal mit ihr geschlafen, solange sie siebzehn ist. Aber sie war zu müde. Die Lernerei macht sie müde. Als wenn es wichtig wäre, wie alt sie ist. Er wird auch noch mit ihr schlafen, wenn sie siebzig ist. Wenn er dann noch kann. Jetzt kann er immer. Und will auch immer. So sind Jungs nun mal. Und Mädchen sind anders. Sie müssen in Stimmung sein. Sie sind nicht in Stimmung, wenn sie müde sind und den Kopf voll haben mit Vokabeln und Formeln.

Er breitet das Packpapier auf dem Schreibtisch aus. Er braucht nicht viel. Das Muster ist zu groß für so ein kleines Geschenk. Blumen, Herzen, ein einziges knalliges Durcheinander. Sigrid hat es ausgesucht. Blumen und Herzen für Verena, uni grün für Rollo. Rollos Geschenk ist schon fertig. Tom sucht im Schrank nach etwas, das zum groß gemusterten Papier passt. Der Schuhkarton, in dem die neuen Sneakers waren, riecht nach Leder. Er sprüht Parfüm hinein. Sein Parfüm. Das sie ihm geschenkt hat. Das sie mag, weil sie es ausgesucht hat.

Er knüllt Papier zusammen, stopft alles aus. Legt die Schachtel hinein. Packt den Schuhkarton ins Geschenkpapier ein. Ein Versteckspiel. Er hofft, dass sie sich freut. So wie sie sich damals gefreut hat, als er ihr das Kleid geschenkt hat. So was lässt sich nicht wiederholen. Er sollte sich da nicht reinsteigern. Er reißt das Papier wieder runter, wirft den Schuhkarton in den Müll und steckt die kleine Schachtel in die Hosentasche.

Verena betrachtet das Kleid. Es hängt immer noch da. Obwohl sie längst nicht mehr reinpasst. Außerdem ist es aus der Mode. Sie könnte es aussortieren. Zur Altkleidersammlung geben. Aber sie kann nicht. Es hängt da, wie Brautkleider in Schränken hängen, nachdem sie ihren großen Tag gehabt haben.

Verena entscheidet sich für Jeans und T-Shirt. Schuhe ohne Absätze. Der Abend wird lang. Sie wird tanzen. Aber zuerst wird mit den Familien gefeiert. Wie jedes Jahr.

Verena erschrickt, als aus dem Nebenzimmer Musik losdröhnt. Rollo hat voll aufgedreht. Manchmal fragt sie sich, was er tut, wenn er voll aufdreht. Tanzt er in seinem Zimmer herum? Oder sitzt er einfach nur da und ruiniert seine Ohren?

Verena schminkt sich. Wimperntusche, Gloss. Sonst nichts. Das Spiegelbild ist ihr vertraut. So sieht sie aus. Keine Überraschungen. Keine Experimente. Sie sagt zu dem Spiegelbild: »Jetzt bist du erwachsen. Keiner kann dir mehr was sagen. Du bestimmst jetzt selbst.« Sie zuckt mit den Schultern. Sie fühlt sich nicht anders als gestern. Es ist nur eine Zahl. Der Leben einzuhauchen ist eine andere Geschichte.

Tom wusste, dass es nicht so sein würde. Verena trägt Jeans und T-Shirt. Er fragt sich, wie er bloß denken konnte, dass sie das Kleid trägt. Wahrscheinlich passt es ihr nicht einmal mehr. Ihre Figur ist immer mehr die einer Frau geworden. Sie ist jetzt eine Frau. Seit heute amtlich. Sie sitzen alle am Tisch und feiern es. Er hat es eben erst in seiner Ansprache gesagt. Erwachsen.

»Mama ist gerührt«, flüstert Verena ihm zu.

»Inge?«

»Guck sie dir an. Sie weint.«

»Sie weint nie.«

»Aber jetzt weint sie. Guck.«

Er schaut über den festlich gedeckten Tisch. Lampionlicht, das sich in Sektgläsern spiegelt. Leer gegessene Dessertteller. Dahinter der dunkle Garten, aus dem feuchte Kühle kriecht. Es ist zu kalt, um draußen zu feiern. Sie tun es trotzdem. Weil sie es immer getan haben. Er sieht, wie Inge sich die Augenwinkel mit der Serviette abtupft. »Tatsächlich. Krass.« Er schaut Verena an. »Wieso weinst *du* nicht? Ist schließlich dein Geburtstag. Deine Ansprache.«

Sie lächelt. »Weil ich nicht die Mutter des Geburtstagskindes bin, dessen Freund gerade diese wunderbare Ansprache gehalten hat, sondern die Freundin des Redners, die die wunderbare Ansprache seit Wochen kommentieren, lektorieren und pampern muss.«

»War sie nicht schön?« Er nimmt ihre Hand. Auch die ist schon kühl. Besonders an den Fingerspitzen. Wenn die Fingerspitzen kalt sind, dann sind es auch ihre Zehenspitzen. Die wärmt sie im Bett zwischen seinen warmen Beinen.

»Sie war schön, Tom. Nur eben nicht wirklich neu für mich. Darum keine Tränen.« Verena zuckt mit den Schultern. »Ist doch eh nur salzhaltiges Wasser.«

Er hebt das Sektglas, schaut den Perlen zu, die nach oben steigen. Durch das Glas hindurch verschwimmen die Konturen. Jeder könnte jeder sein. Er senkt das Glas. Sieht sie alle wieder scharf. Sie lachen. Nur Rollo nicht. Er hat schlechte Laune. Es ist auch sein Geburtstag. Eine Ansprache hat für ihn niemand gehalten.

»Es ist trotzdem irgendwie ungerecht, dass Inge gerührt ist und deine Augen einen auf Wüste machen.« Tom trinkt. Wenn sie die Haare hinter die Ohren schiebt, sieht ihr Gesicht für einen Moment aus wie das eines Engels. So wie es immer ausgesehen hat. Als würde es nicht älter werden. Sekunden später fällt die widerspenstige Strähne wieder über die Wange, die Stirn. »Du sollst auch zum Weinen gebracht werden. Ich könnte doch für dich singen. Bruno Mars oder so was.«

»Das würde funktionieren! Hundertpro Geheule. So wie bei einer Wurzelbehandlung.«

Sein Blick schweift über den Tisch. Wenn alle durcheinanderreden, hört er nur noch einen Brei aus Vokalen und Konsonanten. Ob es stiller sein wird, wenn er und Verena ausgezogen sind? Oder nehmen die anderen die Lücke, die entsteht, einfach in Beschlag?

Er klopft mit dem Dessertlöffel an das Glas. Steht auf. Sagt: »Mama, Papa, Inge, Bernd und Rollo. Ich hab da noch was loszuwerden.«

Verena weiß nicht, was kommt. Tom steht da, als sei die Zeit eingefroren, als wisse er selbst nicht mehr, wie er zum Stehen gekommen ist. Dann sagt er: »Ich hab noch ein Ass im Ärmel.«

Hannes ruft: »Das ist mein Sohn!«

Bernd: »Komm, den Romantiker hat er sich bei mir abgeguckt!«

Tom holt etwas aus der Hosentasche. Eine kleine Schachtel. Er klappt sie auf, sieht hinein, als müsse er sich des Inhalts vergewissern. Dann dreht er sie um und hält sie Verena hin.

Die Luft um Verena herum wird mit einem Mal dick. Es fällt schwer, sie zu atmen. Verena weiß, dass sie nicht weiß, was sie sagen soll, wenn er jetzt fragt. Fragt, ohne gefragt zu haben, ob er fragen darf. Jetzt schon. Viel zu früh.

Aber dann grinst Tom die Luft wieder dünn und sagt: »Keine Panik. Es ist nicht DER!«

Verena atmet tief ein. Kühle Gartenluft. Hinter dem Garten der Wald. Dahinter die stillgelegten Rollfelder, auf denen sie Inliner fahren, seit sie darauf stehen können. Alles ist wieder da und weit. Verena ist erleichtert. Und trotzdem enttäuscht. Sie kann sich gleichzeitig wünschen, dass er fragt und dass er nicht fragt. Er soll fragen wollen. Und nicht fragen, damit sie nicht antworten muss. Nicht jetzt.

Tom nimmt den Ring heraus. »Bekomme ich deinen Finger?«

»Und wenn ich ihn dir gebe, was passiert dann?«

»Dann bist du mein Schaaaatz!« Tom macht einen auf Gollum und Rollo kann nicht anders, als ebenfalls Faxen zu machen.

Er humpelt um den Tisch herum. Zerzaust Inges Haare, pustet Bernd ins Gesicht. »Er will ihn uns wegnehmen, unseren Schaaaaatz!«

Verena streckt den Ringfinger aus. Tom schiebt den Ring darauf. Alle klatschen. Es ist ein schöner Ring. Schlicht, silbern, mit einem glitzernden Stein. Er muss teuer gewesen sein. Zu teuer für jemanden, der immer alles auf den Kopf haut.

»Er ist zu weit.« Tom schiebt den Ring an ihrem Finger hoch und runter. Als würde die gleiche Szene immer wieder abgespielt.

Verena windet ihre Hand aus seiner, nimmt den Ring vom Finger. Versucht es am Mittelfinger. Für den ist er nicht groß genug. Er bleibt am Knöchel stecken.

»Ich werde ihn enger machen lassen«, sagt Tom.

»Aber bis dahin ziehe ich ihn trotzdem an. Und passe gut auf ihn auf. Er ist wunderschön. Ich liebe dich.« Sie weiß auch nicht, wieso sie das in letzter Zeit so selten sagt. Zwei Tränen kommen, jetzt doch. Sie verharren rechts und links in den Augenwinkeln.

»Hab ich dich endlich«, sagt Tom.

Und Verena: »Ja, du hast mich.« Sie drängt sich an ihn, umarmt ihn, als wollte sie verhindern, dass er verschwindet.

»Wenn wir erst unser Abi haben und zusammen in unserer schrecklich unaufgeräumten Studentenbude leben, wecke ich dich täglich mit Klunkern aus Dichtungsringen und du heulst vor Glück.«

Sie lacht. »Drohst du mir?«

Er küsst sie. Seine Lippen öffnen sich. Ihre Zunge findet Einlass. Kennt jeden Winkel. Den Geschmack am Morgen. Am Abend. Wenn er krank ist. Den Schweiß auf der Oberlippe nach dem Sport. Das Raue der Lippen im Winter. Die Bartstoppeln. Von Jahr zu Jahr härter. Die Lücke zwischen den Schneidezähnen.

Er löst seine Lippen von ihren. »Hauen wir ab? Die anderen warten sicher schon.«

Sie nickt, sagt in die Runde: »Vielen Dank! Für die Geschenke, das leckere Essen, die lieben Wünsche. Aber jetzt müssen die Alten leider den Tisch abräumen, weil die Jungen auf die Piste gehen.«

Rollo steht schon. Von den Eltern kommt Gestöhne und Gejammer.

»So wird man ausrangiert und missbraucht!«, sagt Hannes.

»Können wir nicht mit?«, fragt Bernd. »Wir sind ganz gut

auf dem Parkett.« Und schon fängt er an zu tanzen, irgendwas, das er für Hip-Hop hält. Er nimmt Toms Mutter an der Hand. Dreht sie im Kreis. Zieht sie an sich. Sigrid lacht. Wirft den Kopf nach hinten.

»Wirklich sehr hübsch«, sagt Tom. »Vielleicht versucht ihr es mal beim Tanztee im Gemeindezentrum.« Er nimmt Verenas Hand, gibt Rollo einen Wink.

Inge geht, nein, rennt um den Tisch herum und hält Verena fest. »Noch einmal drücken.« Sie hat schon wieder Tränen in den Augen.

»Was ist denn los, Mama? Geh mal Pipi machen, dann muss nicht alles oben raus.«

»Ich bin eben gerührt. Du bist jetzt erwachsen. Und in ein paar Monaten ziehst du aus. Das ist für eine Mutter ...«

Sie sagt nicht, was es für eine Mutter ist. Schwer allemal.

»Mama!« Verena nimmt die nassen Wangen in die Hände und schaut Inge in die Augen. »Du hast doch noch Rollo! Der bleibt sicher noch einmal sitzen und wohnt sowieso bis dreißig bei dir, weil er jeden Job nach einer Woche schmeißt.«

»Was für ein Trost.« Inge lacht.

»Und du hast Papa!«

Jetzt lacht Inge nicht mehr. Sie sagt auch nichts. Öffnet um sich herum ein seltsames Vakuum, aus dem Verena schnell rauswill. Sie lässt Inge los. Auch wenn sie sieht, dass sie nicht losgelassen werden will.

2

Tom fragt sich, was Verena denkt. Sie spielt mit dem Ring an ihrem Finger, schiebt ihn hoch und runter. Sieht dabei das Plakat an. Eins von vielen, die an der Backsteinwand des Clubs kleben, Konzerte ankündigen. Früher hat er sich nie gefragt, was sie denkt. Er wusste es immer. Sie hat es ihm gesagt. Von ganz alleine.

»Kennst du die Band?« Tom legt den Arm um Verena.

»Nein. Ist nur ein schönes Bild.«

»Was hat ein nasser Wald mit Musik zu tun?«

»Vielleicht passt die Stimmung.«

»Irgendwie morbid.«

Sie zuckt mit den Schultern. Sieht offensichtlich etwas anderes in den tropfnassen Bäumen, den Ranken, Blüten, dem Moos.

Die Schlange hat sich weiterbewegt. Nur noch wenige Meter und sie haben die Tür erreicht. Rollo kennt den Türsteher. Er kennt alle Türsteher. Wenn Partymachen ein Beruf wäre, Rollo wäre längst ganz oben auf der Karriereleiter.

Weil Rollo den Türsteher kennt, wird der ganze Trupp durchgewunken. Sie bezahlen, geben die Jacken an der Garderobe ab, checken Haare und Klamotten vor dem wandhohen Spiegel. Als wenn irgendwas an Ort und Stelle bliebe. Es ist brechend voll.

Die Menge feiert sich selbst. Dünstet Schweiß, Hormone, Alkohol aus. Der Bass geht geradewegs in die Eingeweide und haut alles aus dem Kopf, was da nicht sein soll. Genau das hat Tom jetzt gebraucht. Auch Verena strahlt, reißt die Arme hoch, schreit. Tom schreit mit. Wie ein Irrer. Er bahnt einen Weg, der Rest kommt im Entenschritt hinterher, zwischen tanzenden Menschen hindurch an die Bar. Tequila für alle. Zitronenscheibe, Salz, lecken, kippen, schlucken. Auf Verena und Rollo!

Verena zeigt Anna den Ring. Anna zieht die Augenbrauen hoch, ruft über die Musik hinweg. »Krass!«

»Ist nicht DER.«

»Ist aber trotzdem krass romantisch. So seid ihr halt.« Anna lacht.

Verena lacht auch. Findet es aber nicht komisch. Dass jeder zu wissen meint, wie sie sind. Wie sie ist.

Die zweite Runde kommt. Die gleiche Zeremonie. Sie trinken wie gleichgeschaltete Roboter, knallen die Gläser auf den Tresen. Schütteln sich. Verziehen das Gesicht. Verena wirft Tom einen Blick zu. Er ist in Fahrt. Winkt schon wieder nach der Kellnerin. Heute werden sie es richtig krachen lassen.

»Ich hatte gestern übrigens geilen Sex!« Anna schreit direkt in Verenas Ohr.

»Und mit wem?«

»Ich habe nicht die geringste Ahnung! War aber echt gut. Der hatte so eine Sache mit der Zunge drauf. Das kann echt nicht jeder.«

Verena fragt sich, ob das so ist. Ob es Sachen gibt, die

nicht jeder kann. Ob es Sachen gibt, die Tom nicht kann. Ob das, was sie im Wald spürt, nur ein Traum ist.

Anna will Details loswerden. Verena weiß nicht, ob sie sie hören will. Will und will auch wieder nicht. Sie schaut zu Tom. Der zuckt schon mit allen Gliedern. Tanzt im Stehen, als würde der Motor aufheulen, bevor er einen Kickstart hinlegt. Aber erst einmal steht Runde drei auf dem Tresen. Der Tequila ist schnell. Bereits im Kopf.

Verena fragt: »Ist das nicht komisch, mit jemandem Sex zu haben, dessen Namen du nicht mal kennst?«

»Das hat voll was.«

»Und was?«

»Den Kitzel. Du weißt einfach nicht, was kommt.«

Verena leckt mit der Zunge den letzten Tropfen aus dem Glas. Die Lippen brennen von der Zitrone. Wo eben noch Gloss war, ist jetzt nur noch Haut. Auf der sich allein vom Rumstehen schon Schweißperlen bilden. Klein wie Nadelköpfe.

Tom lutscht die Zitrone aus, schiebt sich die Schale vor die Schneidezähne, grinst breit, grunzt unverständlich.

»Mann, du könntest mal ein Bleaching vertragen, Alter«, sagt Felix und ist mit dem Blick schon wieder in der Menge unterwegs. Er fixiert irgendwas.

»Die Schwarzhaarige?«, fragt Rollo.

Felix nickt. »Sieht doch scharf aus.«

Tom versucht zu sehen, was Felix sieht. In fremden Frauen, mit denen er noch nie gesprochen hat. Jede einzelne ist für Felix eine Möglichkeit. Die Schwarzhaarige sieht gut aus, das kann Tom auch erkennen. Schlank, trotzdem Kurven. Sie trägt einen knappen Fummel. Stiefel bis über die Knie. Sachen, die Verena niemals tragen würde. Auch das Gesicht der Schwarzhaarigen sieht gut aus. Vielleicht ein bisschen zu vollgepinselt. Unnahbar. Als wäre sie nicht von hier. Oder arrogant.

Felix stiert. Wahrscheinlich fragt er sich, wie es ist, diesen Fummel auszuziehen, die Schminke verwischen zu sehen. Wie es ist, mit der Schwarzhaarigen zu schlafen. Neben ihr aufzuwachen.

»An die kommst du nie ran, Schwachkopf.« Rollo lacht Felix aus.

»Aber du!«

»Wetten?« Darauf hat Rollo nur gewartet. Er braucht solche Herausforderungen. Er nennt es Kick. Sein Leben ist eine Aneinanderreihung von Kicks. Was dazwischen ist, hat Tom noch nicht herausgefunden.

Felix tappt in die Falle. »Um was?«

»Um eine Kiste Bier.«

»Ihr seid echt primitiv.« Tom schaut zu Verena. Sie sieht aus, als müsste sie schleunigst auf die Tanzfläche entführt werden. Tom geht zu ihr, nimmt sie an der Hand, zieht sie weg. Mit Verena tanzen ist definitiv besser, als den Jungs beim Aufreißen zuzusehen.

Verena tanzt. Gefühlte zehn Stunden schon.

Tom hat längst schlappgemacht. Steht wieder am Tresen und kippt Tequilas. Er ist nicht angefixt vom Beat. Tanzen ist für ihn nur ein Programmpunkt an so einem Abend. Verena hat aufgehört, das schade zu finden. Wer lange genug zusammen ist, weiß, dass sich gewisse Dinge niemals ändern werden.

Verena tanzt alleine, wie immer. Ihr Körper fühlt sich an wie Watte. Das Tanzen schüttet Endorphine aus. An Denken ist nicht mehr zu denken. Sie hat sogar vergessen, dass sie Abi machen muss. Lichter flackern über zuckenden Körpern. Heute sind alle auf der Tanzfläche ein und dasselbe ekstatische Tier. Hier und da sticht ein Gesicht aus dem Wirrwarr. Ein glückliches. Ein verzücktes. Eins, das Verena in die Augen schaut. Sie schaut zurück. In Schwarz mit langen Wimpern. Es verschwindet in der Masse. Taucht wieder auf. Verschwindet. Irgendwann sucht Verena es, wenn es verschwunden ist. Als wäre es ein Spiel. Als würde das Gesicht sich absichtlich verstecken, damit sie es finden kann. Und dann ist es plötzlich genau vor ihr. In allen Einzelheiten. Verena sieht kleine Lachfalten an den Augen. Schwarze Bartstoppeln bis hoch zu den Wangenknochen. Dieses Gesicht ist älter als ihres. Da der dazugehörige Körper nicht größer ist als ihrer, bleiben sie auf Augenhöhe. Die schwarzen Augen sind wie Saugnäpfe. Durch die Saugnäpfe werden ihre Bewegungen synchron. Geht er nach hinten, kommt sie vor. Geht sie nach links, folgt er rechts. Als gäbe es unsichtbare Strippen, an denen sie wechselseitig ziehen. Als sie sich um die eigene Achse dreht, ist er weg. Wie vom Erdboden verschluckt. Muss sich ins Getöse gebohrt haben wie ein Pfeil. Verena sucht ihn. Denkt noch, es gehört zum Spiel. Sucht aber vergebens. Vergisst kurz darauf, dass sie gesucht hat. Und was.

Tom hatte Verena die ganze Zeit im Blick, jetzt ist sie abgetaucht. Die Meute hat sie verschluckt. Toms Augen können den vielen Bewegungen nicht mehr folgen. Alles verwischt. Er kippt das restliche Bier runter. Es schmeckt nach Asche.

»Guck mal!« Felix deutet nach links.

Da ist Rollo. Sein Hinterkopf. Frisch geschoren. Die Bügel der Nerdbrille hinter den Ohren. Mädchenhände am Nacken.

»Sag bloß, das ist *die*!«

Felix nickt. »Der Arsch. Der will doch eh nur poppen.«

»Und du?«

»Ich suche die große Liebe, Blödmann.«

»Bei der da?« Sie sieht nicht aus wie eine, bei der die große Liebe wartet. Eher wie eine, bei der etwas wartet, das Tom nicht benennen kann. Etwas, das bei Frauen wartet, bei denen nicht die große Liebe wartet.

Felix sagt: »Scheißwette. Nach dem Abend hab ich nicht mal mehr Kohle für einen Kasten Bier.«

Tom fragt sich, wie Rollo das macht. Was die Mädels in ihm sehen. Was er ihnen sagt. Ob er, Tom, das auch könnte. Mit dem Finger auf eine zeigen und sie dann rumkriegen.

»Ob er sie abschleppt?«, fragt Felix.

»Sieht ganz so aus.« Rollo und die Schwarzhaarige sind nicht mehr voneinander zu unterscheiden. Total ineinander verkeilt. Tom kennt diesen Anblick. Blond, rot, schwarzhaarig. Da ist Rollo flexibel. Tom schaut wieder zur Tanzfläche. Ihm wird schwindelig. Das geht alles zu schnell. Arme recken sich zur Decke, als wenn von oben Bonbons fallen würden. Oder Geldscheine.

»Trinken wir noch einen?«, fragt Felix.

»So was von.« Jetzt ist es auch egal. Einen Kater gibt es sowieso. Und mehr als irgendwie nach Hause kommen muss er nicht. Verena wird ihn schon in ein Taxi lotsen. Sie behält immer einen kühlen Kopf. Hört auf zu trinken, wenn der Punkt erreicht ist. Sie überschreitet nie diesen einen Punkt. Bei nichts.

Verena muss mal. Sie visiert das Ziel an, wird von der Masse auf Abwege gebracht, schließlich an Ort und Stelle ausgespuckt. Wie anders sich das anfühlt, wenn kein Teig aus Menschen da ist, der stützt. Vor dem Damenklo ist eine Schlange. Bei den Männern nicht. Sie schiebt sich an den Pissoirs vorbei. Keiner sagt was.

In der Kabine hält sie sich an den Wänden fest. Links und rechts. Wie gut, dass Kabinen so eng sind. Es stinkt. Auf Männerklos immer anders als auf Frauenklos. Auf der Tür stehen flüchtig hingekritzelte Sprüche. Angebote. Telefonnummern. Mädels haben beim Pinkeln im Männerklo Langeweile. Ob es wirklich welche gibt, die jedem, der hier pinkelt, ihre Telefonnummer überlassen wollen? Klopapier gibt es keins. Sie kramt in der Hosentasche herum. Ein benutztes Taschentuch kommt zum Vorschein. Etwas fällt auf die Fliesen. Verena kann gerade noch sehen, wie der Ring unter der Tür durchrollt. Sie putzt sich ab. Zieht die Hose hoch. Stolpert aus der Kabine. Geht direkt auf die Knie. Stößt mit dem Scheitel gegen etwas Hartes. Ein anderer Schädel. Mit schwarzen Haaren. Dazu ein Gesicht. Schwarze Augen mit langen Wimpern.

»Deiner?« Er hat den Ring auf das oberste Glied seines kleinen Fingers gesteckt.

»Meiner.« Sie nimmt den Ring von seinem Finger, zieht ihn selbst an.

Er grinst. So als müsse sie noch etwas sagen.

Sie sagt: »Hast du dich eben auf der Tanzfläche in Luft aufgelöst?«

»Wer klein ist, kann schnell verschwinden.«

Sie hat noch nie auf kleine Männer gestanden. Sie mag es, wenn sie hochgucken muss. Tom ist mehr als einen Kopf größer als sie. Inge sagt, kleine Männer neigen zu Größenwahn, weil sie Minderwertigkeitskomplexe haben.

Seine Hand bewegt sich auf ihr Gesicht zu. »Du hast da was.« Er berührt sie an der Wange. »Eine Wimper. Da darfst du dir was wünschen.«

»Ich hab mir heute schon was gewünscht. Beim Kerzenauspusten.«

»Geburtstag?«

Sie nickt.

»Herzlichen Glückwunsch.« Er hält ihr den Zeigefinger mit der Wimper vor den Mund. Ganz dicht.

Verena schielt auf den Finger und fragt sich allen Ernstes, wie es wäre, ihn zwischen die Lippen zu nehmen.

»Pusten!«

Sie pustet. Wünscht sich nichts. Sagt allerdings: »Gewünscht.«

Jemand am Pissoir dreht sich um. »Könnt ihr woanders balzen. Ich kann nicht pissen, wenn Weibsvolk anwesend ist.«

Sie gehen raus. Stehen vor den Kondomautomaten im Durchgang.

»Wie heißt du?«, fragt er.

»Verena.«

»Jesse.«

Sie geben sich die Hand, als wollten sie etwas besiegeln.

»Ich geh dann mal zu meinen Leuten«, sagt Verena.

»Alles klar«, sagt Jesse.

Sie dreht sich um, ist schon weg, da spürt sie, dass er nach ihrer Hand greift, etwas hineinschiebt. Etwas Rechteckiges, hart und doch biegsam. Sie dreht sich um. Aber da ist er schon verschwunden. Hat sich erneut in Luft aufgelöst. Sie öffnet die Hand. Es ist eine Visitenkarte. Ein Name, eine Telefonnummer, eine Mailadresse. Sie rollt daraus ein Röhrchen, schaut hindurch, in das Gewirr auf der Tanzfläche. Und wirft das Fernglas in die Menge.

Tom sucht Verena. Sie kann nicht einfach abgehauen sein. So was macht sie nicht. Und so blau kann sie gar nicht sein, dass sie ihn zurücklässt. Sie muss irgendwo stecken. Vielleicht laufen sie beide die ganze Zeit im Kreis herum, immerzu aneinander vorbei. Er sollte einfach die Richtung wechseln. Querschießen. Eine andere Strategie wählen.

Er klettert auf einen der Stehtische und schaut von oben. Wie das aussieht. All die wippenden Köpfe, über die die Lichter streifen, als würden Helikopter kreisen. Einen entlaufenen Gewaltverbrecher im Gelände suchen. Die gibt es überall. Aber Verena fällt auf keine Maschen rein. Und K.-o.-Tropfen gehen bei ihr auch nicht, sie ext jedes Glas, wenn sie so tanzt. Ext und schwitzt es sofort wieder aus.

Er sieht zur Bar. Anna wird von Felix zugetextet. Ein Stück

weiter, an derselben Stelle wie schon den ganzen Abend, steht Rollo mit der Schwarzhaarigen. Sie scheinen ihre Münder tatsächlich mal zu etwas anderem zu gebrauchen. Sie reden. Bewegen sich weg von der Bar Richtung Ausgang. Rollo geht immer, ohne Bescheid zu sagen.

Toms Blick schweift weiter. Der DJ hat nonstop die langen Haare vor dem Gesicht hängen. Vielleicht will er inkognito bleiben. Seine Platten scheint er per Tastsinn im Griff zu haben. Die Musik ist den ganzen Abend gut. Obwohl er kein Gesicht hat, tanzt eine Traube Mädchen dicht am Pult und buhlt um seine Aufmerksamkeit. DJ müsste man sein. Wenn man wer anders wär. Jemand, der nicht Verena sucht.

Da ist sie. Sie lehnt an der gegenüberliegenden Wand und starrt vor sich hin. Wie selten er sie so sieht. Wenn sie nicht weiß, dass er sie sieht. Wie andere sie wohl sehen? Das fremde Mädchen, das an der Wand lehnt. Verschwitzt. Die Haare strähnig. Müde. Wunderschön. Wer würde sich in dieses Mädchen nicht sofort verlieben.

Tom springt vom Tisch. Geht in die Richtung, in der er sie erspäht hat. Wühlt sich durch Berge von Körpern. Nimmt den Schweiß von Dutzenden mit. Sie sieht ihn immer noch nicht. Auch nicht, als er schon neben ihr steht.

»Zu mir oder zu dir?«, fragt er mit verstellter Stimme.

Sie schreckt hoch, als habe sie geträumt. Sieht ihn für einen Moment an, als wäre er ein anderer. Dann lacht sie. »Zu mir.«

3

Verena träumt. Ihre Fußsohlen sinken bei jedem Schritt in das nasse Moos. Tropfen glitzern. Blätter rascheln. Sie ist ganz allein. Und doch weiß sie, dass da noch jemand ist. Im Grün versteckt. Nass wie sie. Sie geht in die Richtung, in der sie den anderen vermutet. Sie sucht ihn zwischen den tropfnassen Farnen, den Büschen, Bäumen. Für einen Moment ist sein Umriss zu sehen, huscht von einem Stamm in die Deckung des nächsten. Er spielt mit ihr. Sie läuft. Das Moos unter ihren Füßen federt, lässt ihre Schritte zu Hüpfern werden, lässt sie vom Boden abheben. Schweben. Da ist er. Er steht mitten in einer Lichtung. Er streckt die Hand nach ihr aus. Diesmal hat er ein Gesicht. Ein Gesicht mit schwarzen Augen. Mit langen Wimpern.

Tom ist wach. Er beobachtet Verenas Schlaf. Die Bewegungen der Augäpfel unter den Lidern. Das Zucken der Mundwinkel. Sie träumt. Tom fragt sich, was sie träumt. Ob sie träumt, was er vermutet. Es ist seltsam zu wissen, dass es etwas gibt, zu dem er keinen Zugang hat. Eine Welt, die nur Verena gehört. Sie stöhnt. Davon wird sie wach. Tom beugt sich über sie. Er ist das Erste, was sie erblickt, als sie die Augen öffnet. Sie sieht aus, als wisse sie nicht recht, wo sie ist. Er streicht ihr die verschwitzte Strähne aus der Stirn. Fragt: »Und? Wie war ich?«

»Was?«

»Offenbar hab ich es dir im Traum ordentlich besorgt.«

Sie sagt nichts, lacht nicht mal.

»Also, ein Albtraum war das jedenfalls nicht. Mir ist schon allein beim Zusehen heiß geworden.« Er schlägt die Bettdecke weg. Zeigt seine Morgenlatte.

Sie sagt immer noch nichts.

»Jetzt verstehe ich!« Er schlägt sich vor die Stirn. »Du hast gar nicht von mir geträumt!«

»Was?« Sie sieht ihn erschrocken an.

Er muss lachen. »Wenn ich den erwische. Als ob es nicht reicht, dass er dieser Kirsten in den Hals beißt. Jetzt muss der Scheißvampir sich auch noch an meine Süße ranmachen.«

»Ich steh nicht mehr auf Pattinson.«

»Du hast eh nur auf ihn gestanden, weil er mir so ähnlich sieht.«

»Sieht er nicht.«

»Er ist wie ich. Ich bin wie er. Wir sind eins.« Tom setzt den Edward-Cullen-Welpenblick auf, fletscht die Zähne, will zubeißen.

Verena schiebt ihn weg. »Du stinkst.«

»Du auch.« Er schnüffelt. So riecht sie nur nach einer Nacht wie dieser. Nicht nur nach ihr. Nach ihr und einem Haufen fremder Menschen. Nach Alkohol, der aus jeder Pore dünstet. Nach Erschöpfung. Er mag es, wenn etwas anders ist. »Ich würde dich trotzdem beißen«, sagt er und kriecht unter die Decke, schnüffelt sich einmal von oben bis unten durch.

»Ich bin voll im Arsch!«, sagt sie und versucht, ihn wegzuschieben.

Er hält sie fest. Schiebt die Decke, ihr Shirt hoch. Prustet in den Bauchnabel.

»Aber erst duschen«, sagt sie.

Verena kennt das schon. Sie gucken, wie sie immer gucken, wenn sie etwas mitbekommen haben. Schief grinsend. Mit hochgezogenen Augenbrauen. Wie eben einer guckt, der denkt: *Wir waren auch mal jung*. Verena fragt sich, ob sie noch miteinander schlafen. Ob man noch miteinander schläft, wenn man sich schon so lange kennt. Sie fragt: »Wolltet ihr nicht beim Golf sein, Eltern?«

»Guck mal raus, Tochter«, sagt Bernd.

Es regnet. Auf der Terrasse steht immer noch das Geschirr vom Vorabend. Die Gläser sind wieder gefüllt, mit Regenwasser. Die Reste vom Brot liegen aufgeweicht in einer Pfütze, auf der die Teller bei jeder Bö weiter Richtung Tischrand rutschen. Der Garten trieft und tropft.

Tom fragt: »Ist das eine neue Methode zu spülen?«

»Dir auch einen wunderschönen guten Morgen.« Bernd senkt die Zeitung. »Brötchen, Tom?«

»Fünf bis sechs.«

»Dann hau mal rein.«

Inge steht auf, holt die Kaffeekanne aus der Maschine, gießt ein. »Wie war's?«

Verena trinkt. Der Kaffee ist heiß. Sie sagt: »Wie immer.« Sie ist nicht zu Konversation in der Lage. Der Schädel brummt, in ihrem Magen herrscht Ausnahmezustand. Wie jedes Mal fragt sie sich am Morgen danach, wieso es so viel Tequila sein musste. Tom hat mal wieder null Nachwehen. Als wenn alles von ihm abprallen würde.

»Bist du zu mehr Details zu überreden, Tom?«

»Wenn ich mal das Gelee bekomme.«

Inge lacht. Sie lacht immer, wenn Tom mit ihr scherzt. Auch wenn er nicht lustig ist. Obwohl er sich für lustig hält.

»Details gibt es da nicht viele. Das Ganze spielt sich zwischen Bar, Tanzfläche und Klo ab und nennt sich feiern«, sagt Tom. »Die Hütte hat gebrannt.«

»Ach du lieber Himmel!« Bernd tut erschrocken. »Davon steht gar nichts in der Zeitung. Tote? Verletzte? Alles okay bei euch?«

Verena schafft ein müdes Lächeln, Tom steigt mit ein. »Verena ist rauchvergiftet in Ohnmacht gefallen. Ich musste sie retten.«

»Brav.« Bernd gibt Tom den Sportteil rüber. Sie verschwinden hinter Zeitungsblättern.

Verena schaut nach draußen. Der Regen ist so dicht, dass er alles hinter einer grauen Gardine versteckt. Ein Teller hat die Tischkante erreicht. Sie könnte rausrennen und ihn auffangen. Aber sie schaut hin, bis er fällt und zerbricht. Eine Scherbe springt gegen die Terrassentür. Alle schrecken auf.

»Na, ganz toll!« Inge sieht Bernd an.

»Ist er schuld?«, fragt Verena.

»Hannes und ich sind schlafen gegangen. Dein Vater und Sigrid wollten abräumen.«

»Und dann haben wir die Flasche Wein ausgetrunken

und waren zu müde.« Bernd seufzt. »Todesstrafe oder Kerker bis ans Ende meines Lebens?«

Inge findet das nicht lustig. »Zu müde zum Abräumen.« Sie sagt das so, als könnte ihr das nie passieren. Ihr Blick bohrt sich in Bernd, als wollte sie etwas aus ihm herausschälen.

»Ich kümmere mich gleich darum, keine Sorge«, sagt er.

Tom wirft Verena einen Blick zu. Sie zuckt mit den Schultern. Es ist zu früh, um über Eltern nachzudenken.

Inge sagt: »Tante Sophie hat einen Kleiderschrank übrig, soll ich euch sagen. Ziemlich groß. Nur ein ganz kleiner Kratzer auf der Front. Den könnt ihr haben. Weiß. Weiß passt doch zu allem.«

Damit wäre die Wohnungsausstattung perfekt, noch bevor eine Wohnung gefunden ist. Inge hat bereits in Verwandtschaft und Bekanntschaft alles zusammengefragt, was sie für unabkömmlich hält. Verena weiß nicht, wie sie das finden soll.

»Eigentlich wollten wir auf Paletten schlafen und von Orangenkisten essen«, sagt sie, legt ihrer Mutter dabei aber die Hand auf den Unterarm, der irgendwie vergessen neben der Kaffeetasse auf dem Tisch liegt.

Bernd faltet geräuschvoll die Zeitung zusammen. »Erst mal Abi. Dann eine Wohnung finden. Soll in Marburg gar nicht so einfach sein. Und wer weiß, was das für ein Loch ist. Vielleicht seid ihr froh, wenn ihr eine Matratze reingeschoben bekommt und nicht im Stehen schlafen müsst.«

»Mit Verena schlafe ich auch gern im Stehen.«

Mit Bernd kann Tom solche Scherze machen. Es gibt

nichts zwischen ihnen, was andere Väter mit den Freunden ihrer Töchter verbindet. Sie voneinander trennt.

Bernd steht auf, öffnet die Terrassentür. Der Duft von Regen und nassen Pflanzen dringt in die Küche und löst bei Verena die Erinnerung an ihren Traum aus. Ob sie will oder nicht.

Tom weiß nicht, ob er es mögen oder verabscheuen soll. Das Lernen ist ihre tägliche Routine geworden. Wenn es vorbei ist, beginnt etwas Neues. Etwas, über das er noch nichts weiß. Die Bücher liegen auf dem Küchentisch. Es ist der größte Tisch im Haus. Das Umschlagen von Buchseiten ist zu hören, das Kratzen von Stiften auf Papier. Die Uhr tickt. Der Regen prasselt im Garten. Verena lernt für Englisch, Tom für Mathe. Bernd und Inge sind nicht da. Er mag das, die Stille zwischen ihnen. Mit Verena muss er nicht reden, um sich wohlzufühlen. Das Wichtige tauschen sie ohnehin ohne Worte aus. Auch wenn es Tom scheint, als habe das Lernen den Austausch zwischen ihnen ins Stocken gebracht.

»Ob Rollo tot ist?«, fragt Verena.

»Dann erbst du alles alleine und wir können ein Leben ins Saus und Braus führen.«

»Im Ernst. Wo steckt er?«

»Der ist doch bestimmt bei dieser Tussi.«

»Um zwei Uhr nachmittags? Bei einer Tussi? Der haut doch immer schon vor dem Frühstück ab.«

»Vielleicht gibt es etwas Besonderes zum Frühstück.«

Verena verzieht das Gesicht.

Tom weiß, was sie denkt: Mit Brüdern ist es fast so wie mit

Eltern. Verena kann und will sich nicht vorstellen, dass sie es tun.

Verena holt ihr Handy aus der Tasche. Keine Nachricht von Rollo. »Vielleicht ist er doch oben im Bett.«

»Und blau angelaufen, weil er an Alkoholvergiftung gestorben ist?«

Verena wirft den Stift nach Tom. »Ich guck mal.« Sie geht die Treppe hoch. Tom sieht ihr nach.

Manchmal, wenn er ihr nachsieht, denkt er, dass er sie genau in diesem Moment zum letzten Mal sehen könnte.

Verena geht an ihrem Zimmer vorbei. Rollos Zimmer ist das letzte auf dem Flur. Sie wird ihm die Bettdecke wegziehen. Zur Not eine Flasche Wasser über ihm ausleeren. Irgendwie wird sie ihn schon wach bekommen.

Verena klopft nicht. Rollo klopft auch nie. Da liegt er. Und neben ihm die Schwarzhaarige. Das ist neu. Er bringt nie eine mit nach Hause. Verena steht in der Tür und gafft. Sie sind beide nackt. Ihre Körper berühren sich nicht, obwohl das Bett schmal ist. Sie liegen da wie zufällig zusammengewürfelt. Verena fragt sich, wie sie ihren Bruder finden würde, als Mann, wenn sie nicht seine Schwester wäre. Und ob er Dinge kann, die Tom nicht kann. Sie schüttelt sich, weil der Gedanke ekelhaft ist. Sie schließt die Tür so leise sie kann.

»Und? Tot?«, fragt Tom, als sie zurück in der Küche ist.

»Beide.«

Tom sieht vom Buch hoch. »Beide?«

»Die Tussi ist da.«

»Hier?«

»Ja, hier!«

»Das wird doch wohl nicht der Beginn einer wunderbaren Freundschaft sein?«

»Wie die aussieht, hat das mit Freundschaft wahrscheinlich wenig zu tun.«

»Sollen wir ihnen Frühstück ans Bett bringen?« Tom zieht Verena zu sich auf den Schoß.

Sie legt den Kopf an seine Schulter, schaut von unten auf sein Profil. In eins der Nasenlöcher. Sie hat keine Ahnung, wie oft sie ihm schon in die Nasenlöcher geguckt hat. Es werden immer mehr Haare.

Tom springt auf. Der Pizzabote hat geklingelt.

Tom geht an die Tür und kramt Geld aus der Hosentasche. Es riecht nach heißem Pappkarton mit Knoblauch. Genau richtig. Er hat zwei bestellt. Wenn Verena wirklich nichts isst, ist alles für ihn. Wie soll er sonst denken. Mit Kater. Überhaupt verrückt, nach so einer Nacht zu lernen. Aber Verena führt Kalender. Noch neun Tage, dann gehen die schriftlichen Prüfungen los.

»Stimmt so«, sagt Tom.

Der Pizzabote tippt sich an die Stirn, steigt auf seine Vespa.

Das wäre auch kein schlechter Nebenjob für Marburg. Durch die Gegend gurken, die Nase in fremde Wohnungen stecken. Frauen, die in lose gebundenen Bademänteln die Tür aufmachen. Tom muss grinsen, als er sich vorstellt, wie er diese Idee Verena unterbreitet.

»Das wäre doch nicht nötig gewesen.« Rollo steht in Unterhose auf dem Treppenabsatz und streckt die Hände nach den

Pizzen aus. Ein paar Stufen hinter ihm entdeckt Tom die Schwarzhaarige, sie trägt eins von Rollos T-Shirts. Wenn es darunter eine Unterhose gibt, kann es nur ein sehr stoffarmer String sein. Sie gähnt und kratzt sich am Oberschenkel. Tom sieht weg.

»Eine ist auf jeden Fall nur für mich«, erklärt Tom und dreht den beiden den Rücken zu. Er geht zurück in die Küche, legt die Pizzakartons zwischen den Büchern ab und macht Grimassen. Verena versteht aber erst, als Rollo und die Schwarzhaarige schon in der Küche stehen.

»Morgen, Schwesterherz«, sagt Rollo.

Noch mehr Grimassen von Tom an Verena. Und ebensolche zurück. Verwunderung. *Schwesterherz* ist noch nie über Rollos Lippen gekommen.

Die Schwarzhaarige öffnet mehrere Oberschränke, findet schließlich eine Tasse, gießt sich Kaffee ein und setzt sich auf einen Stuhl. Sie zieht die Beine an, legt das Kinn auf die Knie, pustet in den Kaffee. Es gibt eine Unterhose unter dem T-Shirt. Eine rote. Tom sieht weg.

Sie nimmt ein Buch vom Tisch. Eins von Verenas. Sie sagt: »Hatte Shakespeare nicht auch Zwillinge?« Sie legt das Buch zur Seite und klimpert mit den Wimpern, bevor sie sagt: »Oh schwöre nicht bei dem Mond, dem unbeständigen Mond, der alle Wochen in seinem zirkelnden Kreise sich ändert.«

»Oder deine Liebe könnte ebenso veränderlich werden«, zitiert Verena weiter. »Auf Deutsch hört es sich so einfach an.«

Die Schwarzhaarige grinst. »Ich hatte auch Englisch-Leistungskurs.«

»Hattest?«

»Letztes Jahr.«

»Und was machst du jetzt? Studierst du?«

Sie schüttelt den Kopf, trinkt Kaffee.

»Eine Lehre?«

»Nichts.«

»Nichts?«

»Ich nehme eine Auszeit. Sozusagen open end.«

»Machen deine Eltern das mit?«

»Ich verdiene mein eigenes Geld.«

»Ohne Job?«

»Job und Vergnügen, das kann auch dasselbe sein.« Sie lächelt. Auf eine Art, die Tom nicht deuten kann. Irgendwie, als mache sie sich lustig. Irgendwie aber auch nicht. Sie lässt die Beine auf den Boden gleiten, krümmt die Zehen auf den kalten Fliesen, sieht Tom an. »Was macht ihr in eurer Auszeit? Ich meine, in der, die sich zwangsläufig ergibt zwischen Abizeugnissen und Semesterbeginn?«

»Für Reisen fehlt die Kohle. Also, ich schätze, nichts Besonderes.« Tom schaut zu Verena.

Die zuckt mit den Schultern. »Party. Chillen. Eine Wohnung in Marburg klarmachen.«

Die Schwarzhaarige spricht trotzdem Tom an. »Ihr zieht zusammen. Richtig.«

Anscheinend hat Rollo ihr mehr erzählt als allen anderen Vorgängerinnen zusammen.

Rollo grinst. Als wäre er auf etwas stolz. Irgendwie sieht er schwachsinnig aus.

»Ihr seid so richtig die Ersten füreinander, was?«, fragt die Schwarzhaarige.

Tom sucht Verenas Blick. Aber sie schießt einen Giftpfeil an ihm vorbei zu Rollo, für das lose Mundwerk. Zu der Schwarzhaarigen sagt Verena: »Kennen wir uns?«

Die Schwarzhaarige streckt die Hand aus. »Isabelle.«

»Verena.« Die Hand nimmt Verena nicht. »Sorry, ich will nicht unhöflich sein. Aber ich weiß nicht, ob du schon die Hände gewaschen hast, nachdem du ...« Sie schaut zu Rollo und verzieht das Gesicht.

Tom hat das Gefühl, dass ihm die Situation peinlich sein muss, auch wenn er nichts mit deren Voranschreiten zu tun hat.

Isabelle stellt die Kaffeetasse auf den Tisch, steht auf. »Kann ich duschen?«

»Ich komme mit.« Rollo springt auf, wirft das Pizzastück, das er sich geklaut hat, auf den Tisch. Es landet auf Verenas Notizen. Mit dem Käse nach unten.

»Arschloch!«, ruft Verena ihm hinterher.

Sie starrt auf die Kaffeetasse, die Isabelle auf die Lernunterlagen gestellt hat. Ein dunkler Ring saugt sich in das Papier. Auf Verenas Stirn ist diese steile Falte zu sehen. Tom mag diese Falte. Sie macht, dass er sich vorstellen kann, wie Verena aussieht, wenn sie alt ist.

Verena sieht Tom an. Er malträtiert die Unterlippe mit den Schneidezähnen. Verena klappt das Buch zu. »Ich muss jetzt los.«

»Wohin?«

»Das hab ich dir doch schon tausend Mal gesagt.«

»Was?«

»Dass ich noch zu Anna fahre, um für Bio zu lernen.«

»Hast du mir nicht gesagt.«

»X-mal. Du hast sogar ›aha‹ gesagt.«

»Wüsste ich.«

»Weißt du nie.«

Er legt den Edward-Cullen-Welpenblick auf. Sagt: »Ich kann doch mit dir lernen.«

»Du hast Bio abgewählt.«

»Ich kenne mich sehr gut aus.« Er steht auf, setzt sich auf ihren Schoß, rittlings. »Besonders in der menschlichen Fortpflanzungsbiologie.«

»Nur kommt dieses Spezialwissen wohl kaum in der Prüfung vor.«

»Man kann nie wissen. Ich mache eine Schnelleinführung mit dir.«

Verena muss grinsen. Trotz des Ärgers, der unweigerlich in ihr hochsteigt, wenn Tom nicht zugehört hat. Als sei sie ein Möbelstück, dessen Anwesenheit einem nicht weiter auffällt, bis es verschwunden ist.

Tom reimt: »Meine Süße lernt für Bio. Nur mit mir, nicht in 'nem Trio. Ich erklär ihr, wie die Blümchen sich begatten durch die Bienchen.«

»Nicht reimen!« Sie lacht.

»Pennen wir heute bei mir?«, fragt er.

»Ja«, sagt sie. So machen sie es. Immer abwechselnd. Damit sich keiner benachteiligt fühlt. Nicht seine und nicht ihre Eltern. Was das Frühstück angeht. Die Anwesenheit. In wenigen Monaten müssen sie auf niemandes Gefühle mehr Rücksicht nehmen. Nur noch auf die eigenen.

Tom will noch einen. Der Kuss, den Verena ihm gegeben hat, war kurz und knapp. Tom hält sie fest. Er drückt die Lippen erneut auf ihre. Wartet, dass sie sich öffnen. Sie bleiben aber geschlossen. Sie sieht ihn an. Ihre Augen sehen grau aus. Sie sind blau. Vielleicht spiegeln sie heute den Himmel. Er mag diesen Himmel nicht. Dieses Wetter. Alles ist nass, tropft. Sie sieht ihn immer noch an. Als habe sie vergessen, wegzuschauen. Als sähe sie gar nicht hin. Sähe durch ihn hindurch etwas anderes.

»Was siehst du?«, fragt er.

»Na, dich.«

»Und gefällt dir, was du siehst?«

»Was für eine blöde Frage.«

»Was für eine unbefriedigende Antwort.«

»Du gefällst mir doch immer.« Sie geht zur Garderobe, nimmt Jacke und Regenschirm. Den roten mit den weißen Punkten. Den hat sie schon ewig. Ist schon mit ihm durch Pfützen gesprungen, als sie noch zwei Zentimeter größer war als er. Sie winkt. Er winkt zurück. Dann ist sie weg. Und hinterlässt ein Gefühl wie ein Loch im Magen. Irgendwas zwischen Hunger und Durst.

Verena lässt den Regenschirm sinken, lässt für einen Moment die Tropfen auf ihr Gesicht fallen. Sie hört jemanden rufen.

»Warte!«

Die Stimme ist Verena nicht vertraut, aber sie hat sie schon mal gehört. Sie dreht sich um. Es ist Isabelle. Sie trägt dieselbe spärliche Bekleidung wie am Abend zuvor.

Die Haare sind nass. Vom Duschen. Vom Regen. Sie fragt: »Nimmst du den Bus Richtung Hauptbahnhof?«

Verena nickt.

»Dann fahr ich mit.«

Eigentlich hatte Verena vorgehabt, die Busfahrt dazu zu nutzen, das Kapitel über Zellteilung noch mal zu lesen. Sie verzieht den Mund zu einem Lächeln.

An der Bushaltestelle kramt Isabelle in ihrer Tasche, findet, was sie sucht, steckt sich eine Zigarette an, inhaliert tief. »Du rauchst nicht, oder?«

»Hat Rollo das auch erzählt?«

»Und dass du in allem ein braves Mädchen bist.«

»Ich war gestern ziemlich besoffen.« Verena weiß nicht, wieso sie das sagt. Als müsse sie sich rechtfertigen.

Isabelle lacht. »Dann bist du wohl eine echte Bitch.«

Verena schaut zur Straße. Die Autos fahren durch die riesigen Pfützen. Es spritzt. Verena tritt zwei Schritte zurück. Isabelles Handy klingelt. Sie spricht, lacht. Nicht mit einer Frau, das kann Verena hören. Und sehen. An Isabelles Körpersprache. Irgendwas sieht daran nach Sex aus. Auch wenn Verena nicht weiß, was genau.

»Ich freu mich«, sagt Isabelle am Ende des Gesprächs.

»Wer war das?« Verena weiß schon wieder nicht, wieso sie das gesagt hat. Was geht es sie an?

»Ein Kerl.« Isabelle lächelt. Als müsste nicht sie, sondern Verena sich schämen.

»Ein Kerl, mit dem du schläfst?«

»Sicher.« Isabelle drückt die Zigarette mit dem Stiefel aus. Ein Teil mit sehr hohen Absätzen. Verena würde in den Dingern laufen wie ein Storch im Salat. Bei Isabelle sieht es aus, als trüge sie Turnschuhe. Sie könnte sicher auch vor etwas davonrennen in den Schuhen.

Verena sagt: »Du hast gerade noch mit meinem Bruder rumgemacht.«

»Korrekt. Ich schlafe, mit wem ich will.« Isabelle lächelt. Und dieses Lächeln scheint echt zu sein. Nichts verbirgt sich dahinter. Sie fühlt sich weder ertappt noch gedemütigt, nicht mal angepisst. Nur Verena fühlt sich nackt.

Der Bus fährt vor. Verena zeigt die Monatskarte und geht bis ans Ende durch. Eine Chance für Isabelle, sich weiter vorne einen Platz zu suchen. Die Wege sich trennen zu lassen. Aber Isabelle setzt sich neben Verena.

»Jeder Mann ist schließlich anders«, sagt sie, als wäre der Faden nie verloren gegangen. »Es ist doch so. Ich will auch nicht jeden Tag Pommes essen, wenn es noch Pizza, Pasta, Steak, Kuchen und exotische Gerichte gibt.«

»Und wenn sich eines von den Gerichten in dich verknallt?« Verena denkt an Rollos Blick am Küchentisch.

»Dann hat das Gericht ein Problem«, sagt Isabelle.

Der Bus fährt in eine Kurve. Verena wird gegen Isabelles Seite gedrückt, muss sich fangen, um aufrecht sitzen zu bleiben. Der Bus bremst.

Und als würde alles einem akribisch ausgetüftelten Zeitplan gehorchen, demzufolge Isabelle diesen Satz als Ausrufezeichen vor ihren Abgang setzt, sagt sie: »Vielleicht nutzt du deine Auszeit dazu, auch mal naschen zu gehen, bevor du die Pommesdiät auf Lebzeiten antrittst«, und steigt aus.

4

Tom sitzt am Schreibtisch. Von unten sind Geräusche zu hören. Sigrid in der Küche, Hannes im Wohnzimmer. Sie tun, was sie immer tun. Ob sie sich nie nach neuen Erlebnissen sehnen? Ob Tom sich nach neuen Erlebnissen sehnt?

Ein Teil von ihm möchte, dass alles immer so weitergeht. Die Eltern unten. Verena und Rollo nebenan. Tanzen gehen. Tequila trinken. Den Führerschein bestehen und zum See fahren. Im Garten grillen.

Toms Gedanken fliegen von einem Bild zum anderen. Stöbern im Archiv, holen Gerüche hervor, Stimmen, Gesprochenes, Getanes. Es ist gar nicht nötig zu sterben, damit alles noch einmal an einem vorbeizieht. Abi machen reicht auch. Und umziehen. Alles auf null setzen. Alles außer Verena. Toms Gedanken verweilen bei Verena im Bikini. Der neue, den sie letztes Mal im Schwimmbad anhatte. Sie sah gut aus in dem Teil. Die Männer im Schwimmbad haben ihr hinterhergeschaut. Tom war stolz.

Tom lehnt sich zurück. Die Feder in der Lehne des Bürostuhls gibt nach. Er streckt die Beine aus, löst den Gürtel, den Knopf. Er fährt mit der Hand in die Hose. Sich einen runterholen ist die beste Ablenkung, wenn er keine Lust hat zu lernen. Ohne Verena hat er nie Lust zu lernen. Er denkt an den Bikini. Tropfen auf nackter Haut. Sie rinnen die Schenkel herunter, Richtung Knie. Laufen in den Schaft des Stiefels. So ein Teil mit riesigen Absätzen. Absätze, die einen Waffenschein bräuchten. Isabelles Stiefel.

Verena kommt es völlig normal vor, dass sie einen Schlüssel hat. Sie hat schon ewig nicht mehr darüber nachgedacht. Sie schiebt ihn ins Schloss, drückt die Tür auf, atmet ein. Jedes Haus birgt die Summe der Gerüche seiner Bewohner. In diese hat sie ihren gemischt.

Aus dem Wohnzimmer sind Stimmen zu hören. Sigrids Stimme. Hannes' Stimme. Verena kann nicht verstehen, um was es geht. Nur am Klang kann sie ablesen, dass es sie wahrscheinlich nichts angeht. Sie öffnet die Haustür erneut, wirft sie mit einem lauten Knall zu. Die Stimmen verstummen, die Wohnzimmertür wird geöffnet. Sigrids Silhouette ist zu erkennen. Sie ist schlank, schlanker als Verena. Würde man einen Scherenschnitt von ihr betrachten, könnte sie als Teenager durchgehen. Wenn Verena alt ist, möchte sie so aussehen wie Sigrid.

»Verena!«, sagt Sigrid erfreut. Das andere, das mitschwingt, kann Verena nicht deuten. Es hat nichts mit ihr zu tun. »Habt ihr echt so lange gelernt?«

»Nee, wir haben Drogen eingeschmissen und über Männer hergezogen.«

»Aber nicht über meinen Sohn!«

»Der ist außen vor. Schon alleine wegen seiner edlen Herkunft.«

Hinter Sigrid erscheint Hannes in der Tür.

Verena geht auf die beiden zu. Wird erst von Sigrid in den Arm genommen, dann von Hannes.

»Tom ist oben. Kann sein, dass er schon schläft«, sagt Hannes. Er zwinkert Verena zu. »Ich schätze aber, er wird nicht böse sein, wenn du ihn weckst. Wenigstens etwas Erfreuliches nach der ganzen Lernerei.«

Verena wirft Luftküsse. »Dann bis morgen früh.« Sie steigt die Treppe hoch, legt das Ohr an die Tür zu Toms Zimmer. Es läuft Musik. Ganz leise. Sie stellt sich vor, sie wisse gar nichts. Nicht mal, wer hinter dieser Tür ist. Sie malt sich aus, wie es wäre, vor einer fremden Tür zu stehen. Dahinter jemand, der Dinge kann, die Tom nicht kann. Dinge, die Anna erzählt, statt Bio zu lernen. Dinge, die in einem feuchten Wald geschehen. Verena hasst es, dass sie das denkt. Sie möchte es abstellen, aber es geht nicht.

Sie öffnet die Tür. Er sitzt am Schreibtisch. Nach hinten gelehnt. Die Beine ausgestreckt. Die Hand in der Hose. Sie lässt die Tasche fallen. Das Geräusch schreckt ihn auf. Als wenn sie ihn ertappt hätte. Er dreht sich um, holt die Hand aus der Hose. Grinst.

»Jetzt, wo du da bist, könnte ich umdisponieren.«

Sie streift die Schuhe ab, wirft sich aufs Bett. Er legt sich neben sie. Sie liegen sich gegenüber, Brust an Brust, Nase an Nase, Atem an Atem. Er hat Chips gegessen. Und Cola getrunken. Er ist müde. Und erregt. All das kann sie riechen. Sie küsst ihn auf die Lippen, schiebt die Hand in seine Hose. Wenn sie all das vergisst, das nun mal ist, wie es ist. Vielleicht kann dann etwas anderes sein. Vielleicht muss sie sich nur trauen zu tun, wovon Anna immer erzählt. Wieso nicht gleich hier und jetzt Abenteuer erleben. Vielleicht passiert das, was sie im Wald spürt, dann von ganz allein.

Tom ist wach. Verena liegt neben ihm. Sie atmet leise. Rührt sich nicht. Schläft. Oder tut, als schliefe sie. Denn schliefe sie, wäre ihr Atem lauter. Er liegt ebenfalls regungslos. Den Rücken ihr zugewandt. Nicht mal ihre Hintern berühren sich. Er würde gerne etwas sagen. Weiß aber nicht, was. Er kapiert nicht, was passiert ist. Nur, dass etwas passiert ist. Dass sie etwas wollte. Dass er versucht hat, ihr dahin zu folgen, wo sie hinwollte. Dass er im Dunkeln getappt ist. Wie ein Blinder. Danach sah sie aus wie aus Wachs. Sie sagte, sie sei jetzt müde. Sie drehte ihm den Rücken zu. Atmete zu leise, um wirklich zu schlafen.

»Verena?« Er flüstert. Sie antwortet nicht. Er möchte, dass sie etwas sagt. Irgendetwas. Damit er sich traut, seinen Körper an ihren zu schmiegen, so wie sich ein Löffel dem anderen anpasst. Sein Gesicht in ihren Nacken zu drücken, sie zu riechen, ihre Wärme zu spüren. So wie sie es jeden Abend tun. Er dreht sich auf den Rücken. Starrt an die Decke. Schemenhaft ist die Lampe zu erkennen. Der Riss im Beton ist unsichtbar in der Nacht.

»Verena?« Er versucht es noch einmal. Sie atmet jetzt lauter. Und er sagt leise, ob sie nun schläft oder nicht, weil er es sagen muss: »Verena. Ich liebe dich.«

Verena drückt den Wecker aus. Tom ist schon aufgestanden. Neben ihr liegt nur noch die zerwühlte Decke. Sie hört Stimmen aus dem Erdgeschoss. Sie reden beim Frühstück.

Verena schlingt die Arme um die angezogenen Beine, wartet Zeit ab, versucht zu denken, dass sie die letzte Nacht einfach vergessen könnte. Sie streift mit dem Blick die Pinnwand. Anhand der daran befestigten Fotos kann sie ihre ganze Beziehung erfassen. Die Urlaube. Die Feste. Die Highlights. Den Alltag. Fast ihr ganzes bisheriges Leben. Sie hat das Gefühl, all das ruiniert zu haben. Weil aus dem Abenteuer, das sie gewollt hat, ein Desaster geworden ist. Weil Tom nicht wusste, dass es ein Abenteuer werden sollte. Weil sie nicht wusste, wie ein Abenteuer in das immer Gleiche treten kann. Weil sie nur die sind, die sie sind. Und Tom jetzt verwirrt ist und sie frustriert.

Sie steht auf, nimmt ihren Bademantel vom Haken an der Tür. Hier hängt ihr blauer, zu Hause der weiße. Während sie die Treppe heruntersteigt, werden die Stimmen lauter. Das Klappern von Tassen auf Untertassen. Das Gespräch dreht sich um nichts. Darum, wie wer geschlafen hat. Was das für ein Sauwetter ist. Das ganz normale Leben eben. Von dem Verena sich mit einem Mal abgeschnitten fühlt.

»Guten Morgen!« Sie setzt sich auf ihren Platz. Links Tom, rechts Sigrid, gegenüber Hannes. Ob sie anders sitzen, wenn sie nicht da ist? Tom sieht sie an, sieht knapp an ihren Augen vorbei, nur den Bruchteil einer Sekunde lang. Er grinst, beißt in ein Brötchen, kaut viel zu schnell. Sie beugt sich zu ihm hinüber, gibt ihm einen Kuss auf den Mund.

Er fragt: »Gut geschlafen?«

»Bestens. Und du?«

»Super.«

Er beißt wieder in das Brötchen. Sie greift nach der Kaffeekanne. Es ist nicht verschwunden, nur weil sie darüber geschlafen haben.

Toms Kiefer schmerzt. Das Brötchen schmeckt nach nichts. Es ist zu trocken. Egal wie wild Tom darauf herumkaut, es lässt sich nicht schlucken. Er hasst es, wenn sich etwas nicht herunterschlucken lässt. Er muss mit Kaffee spülen, um den klebrigen Brei aus dem Mund zu bekommen. Er schaut nicht zu Verena, nimmt nur aus dem Augenwinkel ihre Bewegungen wahr. Sie streift sich die Haarsträhne aus dem Gesicht. Nimmt die Kaffeetasse. Beugt sich vor. Stützt die Ellbogen auf den Tisch. Sie sieht aus wie jemand, der nicht er selbst ist. Ein Klon, der geübt hat, das Original zu sein.

»Dass ihr überhaupt noch schlafen könnt«, sagt Hannes. »Wie viele Tage noch?«

»Acht«, sagt Verena.

»Als ich Abitur gemacht habe, konnte ich überhaupt nicht mehr schlafen.«

»Überhaupt nicht mehr? Wohl kaum.« Sigrid runzelt die Stirn. »Du übertreibst mal wieder maßlos.«

»Du warst doch nicht dabei.« Hannes zuckt mit den Schultern, lässt sich nicht beirren. »Als ich dann zur Prüfung kam, hat mich nur ein Liter Kaffee vor einer langen Ohnmacht bewahrt. Dementsprechend hibbelig war ich. Der Lehrer hat später unter die Arbeit geschrieben, die Schrift wäre eine detektivische Herausforderung für ihn gewesen. Aber bestanden habe ich trotz Zitterei.«

»Du hast dich immer überall durchgemogelt. Das kannst du gut.«

Sigrids Ton ist scharf. Aber Tom schenkt seinen Eltern wenig Aufmerksamkeit. Alles in ihm konzentriert sich auf Verena. Darauf, ihr anzusehen, ob sie ihm für das, was gestern passiert ist, die Schuld gibt. Auch wenn er nicht weiß, worin diese Schuld bestehen könnte.

»Ich bin dann mal weg.« Sigrid steht auf, zieht den Mantel an, nimmt den Thermosbecher, die Aktentasche, den Schirm. »Heute Abend wird es spät. Bestellt euch was beim Lieferservice. Wartet nicht auf mich.« Sie drückt Tom einen Kuss auf das Haar, streichelt Verena über den Kopf. Hannes geht leer aus.

»Und ihr?«, fragt Hannes. Sein Blick verharrt noch an der Stelle, an der eben Sigrid gesessen hat. Als wenn er sie noch sehen könnte. Oder darauf wartet, dass sie zurückkommt.

»Blöde Frage«, antwortet Tom. »Lernen.«

Hannes hat gar nicht hingehört. Er steht auf, nimmt ebenfalls einen Thermosbecher, die Jacke, vergisst den Schirm.

»Es regnet!«, ruft Verena.

Hannes kommt zurück, greift nach dem Schirm. »Wenn ich dich nicht hätte.« Er wirft Verena einen Kuss zu.

Dann sind sie alleine. Die Uhr tickt, die Spülmaschine schnurrt, draußen fährt Hannes' Auto aus der Einfahrt.

Tom könnte fragen. Vielleicht gäbe es eine Erklärung. Vielleicht können sie darüber lachen. Tom kann aber auch hoffen, dass es sich platt tritt wie Krümel im Teppich.

»Mathe?«, fragt Verena.

Er nickt. »Und du?«

»Bio.« Sie trinkt einen Schluck Kaffee, steht auf.

»Gehst du?«

»Ich will dich nicht stören. Ich muss bestimmt zwischendurch mit Anna telefonieren.«

»Gehst du so?«

Sie schaut an sich herunter. Auf den Bademantel. Die Pantoffeln. Sie sagt: »Sind doch nur ein paar Meter.« Sie nimmt ihre Schultasche. Sie geht, ohne ihn zu küssen. Geht einfach. Und Tom bleibt sitzen, wo er sitzt. Als habe er alles außer Sitzen verlernt.

Verena steht vor der Haustür. Als hätte sie sich selbst hinausgekehrt. Mit den Hausschuhen in der Pfütze, die sich zwischen Türschwelle und Beet bildet - egal wie oft Hannes versucht, die Fugen zu lockern. Sie steht da und lässt den Regen auf sich prasseln, bis die Haare nass sind, der Bademantel schwer. Sie könnte wieder zurückgehen. Den Kuss geben, den sie nicht gegeben hat. Sagen, dass es alles ihre Schuld war. Auch wenn sie nicht weiß, was ihre Schuld gewesen sein sollte. Sie geht einmal um die Hecke herum, zum nächsten Türeingang.

Bernd verlässt gerade das Haus. Er hat die Hände voll, transportiert zwischen den Zähnen einen Briefumschlag. »Hallo, Schatz«, nuschelt er. »Schickes Outfit.«

»Das ist nicht dein Pausenbrot«, kontert Verena, nimmt Bernd den Umschlag aus dem Mund, legt ihn auf den Stapel Akten in seinen Händen.

»Bei mir wird es heute spät. Ich sag schon mal Gute Nacht.«

»Wenn du Sigrid triffst, grüß sie schön.«

Bernd stutzt. Sieht irgendwie seltsam aus. Vielleicht alt.

»Sie kommt heute auch spät nach Hause, vielleicht trefft ihr euch vor dem Haus«, erklärt Verena.

»Ah!« Jetzt ist er wieder jung. So jung, wie er eben ist. Oder so alt. Verena weiß nicht, ob Eltern jung oder alt sind.

Bernd wirft Verena einen Kuss zu, sagt: »Irgendwie bist du nass«, und steigt ins Auto.

Die Tür ist noch angelehnt. Verena tritt ein. Inge steht im Flur. Mittendrin. Als hätte sie im Gehen vergessen, wohin sie eigentlich wollte.

»Du bist nass«, bemerkt sie.

»Man sagte es bereits.« Verena grinst. »Gehst du irgendwohin?«

Inge nickt.

»Wohin?«

»Irgendwohin.« Inge zieht den Mantel an.

»Das ist ja unheimlich konkret.«

»Konkreter weiß ich es noch nicht.«

»Shoppen?«

»Vielleicht.«

Entweder sind heute Morgen alle komisch oder es liegt daran, dass Verena sich komisch fühlt, weil es gestern komisch war und ihr deswegen alles und jeder komisch erscheint.

»Dein Bruder hat ein Mädchen da«, sagt Inge und, als stünde das in irgendeinem Zusammenhang: »Essen steht im Kühlschrank. Eine halbe Stunde in den Ofen. Die letzten fünf Minuten ohne Alufolie.« Sie nimmt die Autoschlüssel, schaut einen Moment auf das Herz, das daran baumelt. Bernd hat es ihr letztes Weihnachten geschenkt. Seitdem hängt es da. Auch wenn es beim Aufschließen stört, in der Tasche klappert. Der Kuss, den Inge Verena geben will, verrutscht. Dann ist sie weg.

Verena zieht den Bademantel aus. An den Schultern ist die Feuchtigkeit ins T-Shirt gedrungen. Die nassen Haare vergrößern die Flecken.

Der Küchentisch ist nicht abgeräumt. Verena schaut über die zertrümmerten Eierschalen, halb leeren Kaffeetassen, die Krümel auf den Tellern. Von oben ist Lachen zu hören. Rollos perverses Gegacker. Und ein Mädchenlachen. Verena ist sich nicht sicher, aber trotzdem weiß sie, dass es Isabelles Lachen ist. Sie nimmt ein Brötchen, beißt hinein, ohne etwas daraufzuschmieren. Heißer Kaffee ist noch in der Maschine. Sie trinkt und isst im Stehen, die Füße immer noch in den durchweichten Hausschuhen, den Po an die Arbeitsplatte gelehnt.

Über ihr wird gerannt. Rollos Zimmer liegt direkt über der Küche. Sie rennen im Kreis herum. Seit Rollo das Bett in die Mitte des Zimmers geschoben hat, geht das. Sie kreischen. Irgendetwas scheint ihnen am Ums-Bett-Herumlaufen Spaß zu machen. Verena fragt sich, wer wen fängt. Es gibt einen Rums. Jetzt sind sie auf dem Bett gelandet. Wie hellhörig das Haus ist. Und dabei muss sie lernen. In ihr Zimmer wird sie nicht gehen, dort ist es noch schlimmer. Also räumt sie den Tisch ab, wischt die Krümel weg und breitet ihre Hefte und Bücher aus.

Tom sollte lernen. Die Hefte und Bücher liegen bereits vor ihm auf dem Schreibtisch. Die Buchstaben aber verschwimmen vor seinen Augen. Entziffert er sie doch, ergeben die Worte keinen Sinn. Ergeben sie einen Sinn, fügen sie sich zu Satzgebilden ohne Inhalt zusammen. Toms Gehirn verhält sich dement, ein Sieb, in dem nichts hängen bleibt außer dem immer gleichen Gedanken: War es am Ende gar nicht Verena, die anders war? War er anders, weil sich immer wieder Isabelles Stiefel in sein Bewusstsein geschlichen haben, während er mit Verena geschlafen hat? Tom greift zum Handy, ruft Felix an.

Felix ist sofort dran.

»Hast du vor dem Telefon gehockt und gewartet, dass es klingelt?«

»Irgendwie schon. Ich warte die ganze Zeit auf was, das mich vom Lernen abhält. Was geht ab, Alter?«

»Nichts.«

»Lernst du?«

»Nicht wirklich.«

Eine Weile sagt keiner was. Dann fragt Tom: »Denkst du, dass das Abi uns alle kirre macht?«

»Mich auf alle Fälle.«

»Das zieht sich in alle Lebensbereiche, oder?«

»Sogar in die Verdauung, Alter. Ich hatte heute einen Schiss, der ging gar nicht. So wie nach der Gulaschsuppe, die es letztens bei Annas Party gab.«

»Too much information.«

»Was bist denn du so empfindlich? Ärger im Paradies?«

Felix hat gefragt, jetzt könnte Tom antworten. Mit Felix über das sprechen, was er nicht mit Verena bespricht. Über das, was er nicht mal in Worte fassen kann. Nicht mal sich selbst gegenüber. »Vergiss es«, sagt Tom. »Lern endlich, Schwachkopf.«

»Ebenso, Schwachkopf.«

Tom drückt das Gespräch weg. Es geht ihm ein bisschen besser. Vielleicht einfach nur, weil jemand mal Schwachkopf zu ihm gesagt hat.

Verena hört Musik. Die Playlist, die Tom ihr zusammengestellt hat. Sie sieht Rollo und Isabelle erst, als sie schon direkt gegenüber auf der anderen Seite des Tisches stehen. Als stünden sie auf der anderen Seite einer schalldichten Scheibe. Sie sehen aus, wie wohl jeder aussieht, der es gerade getan hat. Irgendwie aufgekratzt, durchblutet. Verena nimmt die Kopfhörer ab.

Rollo sagt: »Guten Morgen, Schwesterherz.« Schon wieder. Isabelle nickt nur.

Verena brummt etwas Unverständliches, setzt die Kopfhörer wieder auf, schaltet aber unter dem Tisch die Lautstärke zurück, hört, was die beiden sagen.

Rollo fragt: »Frühstück?«

»Nee, lass mal.«

»Ich mach dir auch den Rollo-Spezial-Pfannkuchen.«

»Hört sich verlockend an. Aber ich muss los.«

»Wo musst du denn hin?«

»Geht dich nichts an.«

»Oh, die Frau hat Geheimnisse.«

Isabelle trinkt einen Schluck Kaffee aus Rollos Tasse. »Was ist mit deinem Schwesterchen los?«

»Was soll denn los sein?«

»Wo ist ihr Schatten?«

»Tom?« Rollo zuckt mit den Schultern. Er will Isabelle an sich ziehen. Sie windet sich aus seinem Griff. Rollo sagt: »Sehen wir uns heute Abend?«

»Nein.«

»Nein?«

»Ich kann nicht.«

»Arbeitest du? Also, ich meine, machst du das, was du nicht Arbeit nennst, aber wofür du Kohle bekommst?«

»Wer weiß.«

»Dann gib mir wenigstens deine Telefonnummer.«

»Ich hab doch deine.«

»Aber mit meiner kann ich dich nicht anrufen.«

Sie lächelt. Jetzt ist sie es, die ihn heranzieht. Sie küssen sich. Die Zungen sind deutlich zu sehen. Wühlen sich in den Mund des anderen.

Verena schaut auf das Biobuch. Irgendwas mit Photosynthese. Sie schiebt den Ring auf dem Finger hoch und runter.

Rollo tut, als erleide er einen Herzinfarkt. Aber Isabelle geht ohne ein weiteres Wort. Rollo lässt sich Verena gegenüber auf einen Stuhl fallen und sieht geisteskrank aus. Er winkt ihr zu.

»Nein, ich mach dir kein Frühstück«, sagt sie.

»Verlang ich doch gar nicht.« Er schreit, weil er denkt, sie hört ihn nicht.

Sie nimmt die Hörer ab. »Was willst du?«

»Nicht so säuerlich, Schwesterchen. Ist doch ein wunderschöner Tag.«

»Es regnet. Ich lerne. Es ist KEIN schöner Tag.«

Er grinst. Komplett debil. Summt.

»*Love is in the air?* Nicht wirklich, oder?«

Er summt lauter.

»Bist du krank?«

»Bei bester Gesundheit.«

»Im Kopf!«

»Auch alles fit!«

»Das ist ja das Schlimme bei Geisteskrankheiten, dass der Betroffene selbst sich für völlig normal hält.«

»Normalität liegt im Auge des Betrachters.«

»Wusstest du, dass frisch Verliebte dieselben Symptome zeigen wie Leute mit Psychose?«

»Wusste ich nicht. Aber wenn ich daran denke, wie du dich damals bei Tom aufgeführt hast ... Die Theorie stimmt wohl.«

»Und jetzt kannst du sie noch mal an dir überprüfen.«

»Ich bin nicht verliebt.« Rollo gibt ein abfälliges Geräusch von sich.

Verena zählt auf: »Sie ist das zweite Mal über Nacht hier. Sie soll morgens bleiben, statt möglichst schnell das Feld zu räumen. Du benimmst dich würdelos. Du siehst debil aus. Du summst. *Love is in the air.* Du nennst mich Schwesterherz. Reicht das?«

Rollo antwortet nicht. Verena sieht ihn an. Wie komisch das ist, einen Bruder zu haben, den sie sich so niemals ausgesucht hätte. Der ihr so wenig ähnelt, obwohl er zur selben Zeit im selben Bauch war, dieselben Eltern hat, dasselbe Leben vorgelebt bekommt. Einen Bruder, von dem sie nicht mal weiß, was sie für ihn empfindet, wenn er ihr gerade nicht auf die Nerven geht. Und trotzdem will sie nicht, dass sein Herz gebrochen wird.

»Vielleicht fragst du sie mal, wie sie eure Beziehung sieht.«

»Wieso?«

»Ich mein ja nur.«

Rollo verdreht die Augen, steht auf, fummelt an der Kaffeemaschine herum. Verena will schon wieder die Kopfhörer aufsetzen, da fragt er: »Hat sie irgendwas gesagt?«

Verena zuckt mit den Schultern. »Ich weiß nicht recht, ob du bei ihr einen Exklusivvertrag hast. Das ist alles.«

Er steht da, in der einen Hand die Tasse, in der anderen die Kanne. Er sagt: »Vielleicht will ich das ja gar nicht.«

»Vielleicht nicht«, sagt Verena.

Tom ist das neu. So fühlt sich also Warten auf Verena an. Bei Felix war er abgelenkt. Sie haben sogar ein bisschen gelernt. Aber jetzt ist es zurück. Sitzt neben ihm auf dem Stuhl, starrt mit ihm auf das Display des Handys. Das Warten. Normalerweise ist Verena einfach da, wenn Tom das Gefühl hat, jetzt müsse sie langsam mal da sein. Als folge ihr Getrennt- und ihr Zusammensein einer biologischen Regel. Wie Hunger und Essen. Durst und Trinken. Müdigkeit und Schlaf. Verena hat nicht gesagt, ob sie kommt. Er hat nicht gefragt, ob er zu ihr kommen soll. Es gab keine Nachrichten, kein Telefonat. Er hofft, sie kommt. Normalerweise würde er zu ihr kommen, weil sie die letzte Nacht bei ihm verbracht haben. Aber er weiß nicht, ob sie will, dass er kommt. Also wartet er.

Er geht in die Küche, sieht in den Kühlschrank, findet nichts. Er geht zurück in sein Zimmer, setzt sich an den Schreibtisch. Warten ist scheiße. Er nimmt sein Handy und schreibt.

Verena, ich weiß nicht, was los ist. Ich hab irgendwie so ein komisches Gefühl. Rufst du an? Oder kommst du? Oder soll ich zu dir kommen?

Er starrt auf das Display. Liest. Liest noch einmal. Löscht. Wartet. Geht in die Küche. Holt aus dem Kühlschrank die Milch. Trinkt sie aus der Flasche, wie die Typen in amerikanischen Filmen das machen, wenn sie spät in der Nacht nach Hause kommen. Von irgendwoher. Und ein Problem lösen müssen. Ein großes. Er tippt eine neue Nachricht.

Hey, meine süße Katze!
Wo bettest du deine Tatze?
Wo schnurrst du heute Nacht?
Wo wird der Schlaf verbracht?

Er sendet. Legt das Handy auf den Küchentisch vor sich, rückt noch daran, damit es gerade liegt. Er starrt auf das Display. Wartet. Fragt sich, ob sie zwischen seinen Zeilen lesen kann, wie es ihm wirklich geht. Und wieso er ihr das nicht einfach geschrieben hat.

Verena liegt auf der Couch, hat sich die Felldecke übergelegt. Ihr ist kalt. Sie spielt an dem Ring. Schiebt ihn hoch und runter. Sie schaut auf das Handy, das an ihren angewinkelten Knien lehnt. Das Display erlischt.

»Wollt ihr mitgucken? Ich habe *Die Brücken am Fluss* ausgeliehen.« Inge hält ihr die DVD-Hülle vor die Nase.

»Das ist was für alte Leute in der Midlifecrisis.«

»Wirklich?«

»Sigrid heult dabei jedes Mal.«

»Sigrid guckt den?«

»Dauernd!«

Inge starrt auf die Hülle, als habe sich ihre Meinung zu dem Film in den letzten Sekunden geändert. »Also du kennst ihn schon von drüben?«

»Nur die ersten fünf Minuten. Danach haben wir die Flucht ergriffen.«

»Wie weißt du dann, dass Sigrid heult?«

»Wir gehen zum Kühlschrank. Wir verlassen das Haus. Wir haben eine Frage. Egal wann wir das Wohnzimmer betreten: Sie heult, wenn der Schinken läuft. Immer an einer anderen Stelle.«

»Und Hannes?«

»Der ist dann nicht da.«

»Was macht Sigrid, wenn Hannes nicht da ist?«

»*Die Brücken am Fluss* gucken?«

»Aber doch nicht jedes Mal!« Inge legt die Hülle auf den Couchtisch, setzt sich neben Verena. »Hannes ist ja öfter nicht da. So wie Papa.«

Verena wird es heiß unter der Decke. Sie wirft sie von sich. »Keine Ahnung, was sie macht. Mal geht sie aus, mal ist sie zu Hause. Frag sie doch.«

Inge nickt. So wie jemand nickt, der nicht zustimmt.

Verena steht auf. »Sigrid guckt den bestimmt mit dir. Aber die ist heute Abend erst spät zu Hause.«

»Hat sie das gesagt?«

»Ja.« Verena schaut Inge an, fragt sich, was nur mit ihr los ist, sagt: »Vielleicht guckt Rollo ja mit. Der ist heute auch einsam.«

Inge zieht fragend die Augenbrauen hoch.

»Er hat eine Mörderlaune, weil Isabelle sich nicht meldet.«

»Ist es etwa was Ernstes?«

»Er ist geisteskrank. Merkst du das nicht?« Verena geht an Inge vorbei in den Flur, zieht die Schuhe an. Sieht noch einmal zum Sofa. Inge hat sich nicht gerührt, starrt auf die Hülle und denkt an irgendetwas.

Tom hört den Schlüssel im Schloss, Schritte im Flur. Hannes' sind es nicht. Die sind schwerer. Sigrid kommt spät. Es muss Verena sein. Die Schritte stoppen vor seinem Zimmer. Er möchte aufspringen. Er bleibt sitzen. Schiebt nur das Handy weg. Nimmt ein Buch in die Hand. Lässt seinen Rücken zur Tür gedreht.

Verena sagt: »Hallo.«

Jetzt dreht er sich um. Als hätte er es nicht eilig. Sagt, was er sich vorgenommen hat zu sagen. »Na, Verschollene? Wie lange ist das her? Sieben Jahre? Acht?«

Sie lacht. Das ist gut. »Nur fünf. Du hast ein komisches Zeitgefühl.«

Tom hat noch einen Satz in petto, aber den lässt er weg. Er breitet die Arme aus, sagt: »Komm zu Papa!«

Sie kommt, stellt sich zwischen seine Beine, legt die Arme um seinen Hals, schaut auf ihn herunter. Er spürt, wie etwas Warmes durch seinen Körper gleitet, als hätte das Blut in seinen Adern mit einem Mal ein paar Grad mehr. Er weiß nicht, was es verscheucht hat, aber es ist weg. Das, was zwischen ihnen stand. Das, von dem er nicht weiß, wer es zwischen sie gestellt hat. Sie. Er. Etwas, das nicht sie sind. Jetzt sind sie die, die sie gewohnt sind zu sein. Es war gut, einfach abzuwarten. Zu reimen. Cool zu bleiben.

Verena sagt: »Scheißabistress. Man ist echt nicht mehr man selbst.«

Und er sagt: »Es ist ja bald geschafft. Danach ist alles wieder easy.« Er fährt mit den Händen unter Verenas Shirt, ihre Seiten hoch. Von der Rundung der Hüften über die schmale Taille bis zu den Rippen. Sie hat abgenommen. Er gräbt das Gesicht zwischen ihre Brüste. Sie sind alles andere als riesig. Würden beide in eine Hand passen, wenn sie nicht so weit auseinanderstünden.

Verena geht in die Knie, öffnet die Lippen. Mit denen sie seine Zunge empfängt. Sie riecht so, wie sie riecht, wenn sie das Essen vergessen hat. Später wird er ihr ein Butterbrot schmieren. Zur Not wird er sie persönlich füttern.

Er nimmt ihre Hand, will ihr die Schwellung in seiner Hose zeigen. Lässt es aber. Besser, er lässt es, wie es ist. So wie es gerade ist, ist es gut. Hier, mit Verenas Körper. Ihrer Zunge. Gewohntes Terrain. Nach dem Essen werden sie schlafen. Wie zwei Löffel, die aneinandergeschmiegt laut atmen. Sie sind müde. Von allem.

5

Verena kreischt, wie jemand kreischt, wenn die Stimme überschlägt, vor Übermut, vor Tollheit. »Bist du irre?« Sie schreit Tom an, hält sich dabei an Anna fest, die ebenfalls kreischt.

Tom und Felix stehen sich auf dem Rand des Brunnens gegenüber. Sie rangeln. Jeder eine Bierflasche in der rechten Hand, das Shirt des anderen in der linken.

»Ihr fallt da rein!« Verena krümmt sich vor Lachen. Zieht Anna mit sich in die Knie. Sie sacken auf den Boden, schlagen mit der Handfläche auf das Kopfsteinpflaster. Verena kann die Jungs nur noch durch einen feuchten Film sehen. So sehr tränen die Augen. Sie hat keine Ahnung, wann sie das letzte Mal so gelacht hat. Dieses Jahr noch nicht. Vielleicht letztes Jahr im Herbst, als Tom und Rollo sich in Verenas Klamotten gezwängt und im Garten diesen Schwanensee-Auftritt hingelegt haben.

Die Verkündung der Abinoten am Morgen hat einen Dammbruch zur Folge gehabt. Hat Ketten gesprengt. Hat den Käfig geöffnet, in dem sie sich alle gefangen gefühlt haben die letzten Monate. Erst jetzt erinnert Verena sich wieder daran, wie sich Leben anfühlt.

Es passiert. Natürlich passiert es. Wahrscheinlich hat ein Teil von Tom und Felix es schon gewusst, als sie auf den Brunnenrand gestiegen sind. Gewusst und gewollt. Sie verlieren das Gleichgewicht, versuchen, sich am Gegenüber zu stabilisieren, sich selbst zu retten. Sie kippen beide. Verena kommt es vor, als geschehe es in Zeitlupe. Es macht Platsch. Wasser spritzt bis auf Verenas Gesicht. Alles geht in Lachen unter. Toms Kopf taucht am Brunnenrand auf. Er schüttelt sich wie ein Hund. Die Sonnenstrahlen brechen sich in den Tropfen. Er lacht, wie Verena ihn schon ewig nicht mehr hat lachen sehen. Auch er ist frei. Sie haben es beide geschafft. Sie besser als er. Egal wie. Sie haben es geschafft.

Tom steigt wie Poseidon aus den Fluten. Das Shirt klebt an seinem Oberkörper. Lässt die Muskeln erkennen. Er kommt mit ausgebreiteten Armen auf sie zu. Verena weiß genau, was er will. Sie teilhaben lassen. Sie rennt. Quer über den Platz. Er hinter ihr her. Das gleiche Schicksal ereilt Anna, die von Felix gejagt wird. Die Mädchen schlagen Haken, irritieren Passanten mit Ausweichmanövern. Als Tom Verena schnappt, ist es, als würde eine kühle Brise sie umarmen, auf ihrem erhitzten Körper zischen.

Sie presst sich an ihn. Schlingt die Arme um seine Taille. Schiebt ihn vorwärts, bis er kippt, auf den Boden fällt, mit ihr als Gepäck. Sie legt sich auf ihn, hält seine Hände fest, links und rechts neben seinem Kopf. »Ergib dich deinem Schicksal!«, sagt sie. Und er schließt ergeben die Augen, bevor sie ihn küsst.

Tom fühlt sich völlig high. Naturbreit. Verenas Zunge schlingt sich um seine. Er fasst mit den Händen in ihren Hosenbund.

»Das ist wirklich ein Unding. Am helllichten Tag! Was sagen eure Eltern bloß zu so einem Benehmen.« Der alte Mann steht direkt neben ihnen und schaut auf sie herunter. Tom kann ihm an Verenas Kopf vorbei in die Augen sehen. Kleine rot unterlaufene Augen in einem Meer von Falten hinter einer zentimeterdicken Brille.

»Unsere Eltern haben eben am Telefon noch ›Herzlichen Glückwunsch‹ zu uns gesagt. Sie sind mächtig stolz«, sagt Tom.

Der Alte schüttelt angewidert den Kopf.

Verena rollt sich von Toms Körper, schaut ebenfalls zu dem Alten hoch. »Wieso so griesgrämig, guter Mann?«, fragt sie. »Sie sind wohl schon lange nicht mehr in den Arm genommen worden, was?« Schon steht sie, breitet die Arme aus und schnappt sich den Typ. Der nicht weiß, wie ihm geschieht. Er lässt die Arme baumeln, als seien sie gelähmt.

Verena ruft: »Free hugs for everybody!«, und rennt mit ausgebreiteten Armen auf eine Frau mit Kinderwagen zu, um sie rücklings zu umschlingen. Die Frau nimmt es mit Humor und greift mit den Armen nach hinten, um Verena ebenfalls zu drücken. »Das macht Spaß!«, ruft Verena.

Die anderen lassen sich sofort anstecken. Rennen zu viert über den Platz und umarmen jeden, der ihnen in die Quere kommt. Manche freuen sich, manche kapieren erst, was ihnen geschehen ist, wenn es vorbei ist, andere reagieren empört.

Verena könnte den ganzen Tag so weitermachen. Etwas

tun, das sie noch nie getan hat. Leute umarmen. Vielleicht auch in einen Brunnen springen. Nicht wissen, was als Nächstes dran ist, aber wissen, dass etwas drankommt.

Sie sucht Toms Blick. Wie er strahlt. Die Wangen rot vor Eifer und Hitze. Er sieht aus wie Tom mit vier Jahren. Mit acht. Mit zwölf. Vom Spielen im Garten völlig zerschlagen. Aber überglücklich. Er erwidert ihren Blick. Er muss gar nichts sagen. Sie weiß es auch so.

Felix steuert auf die Rucksäcke zu, die vor einem Blumenkübel stehen. Schwer und klirrend. Voller Bierflaschen. Er öffnet vier. Ruft: »Leute, nicht nachlassen!« Und sie kommen aus allen Himmelsrichtungen wie Engel ohne Flügel auf ihn zu.

Tom hat Durst. Die Flaschen klacken aneinander, werden in die Höhe gerissen.

»Auf uns!«, ruft Felix.

Sie trinken. Tom, bis es in der Kehle brennt und darüber hinaus. Auf ex. Nur ein Rest Schaum wird im hohen Bogen aus der Flasche geschleudert.

»Seht mal, wer da ist!« Anna deutet irgendwohin.

»Gott?«

»Nee! Rollo und diese Tussi.«

Verena rennt auf die beiden zu, ruft: »Eins Komma neun. Und zwei Komma sieben.«

Rollo deutet auf die nassen Klamotten. »Beim Synchronschwimmen, oder was?«

»Ein herzlicher Glückwunsch wäre angesagt«, erklärt Tom.

»Herzliches Arschloch«, sagt Rollo.

Da erst denkt Tom daran. Heute wäre auch Rollos Tag gewesen, wenn er nicht sitzen geblieben wäre. Auch für ihn würde jetzt ein neuer Abschnitt anfangen. Auch er würde in die Welt hinausgehen wie alle anderen. Aber er wird bleiben.

»Sorry, Alter«, sagt Tom, obwohl er findet, dass er sich für nichts zu entschuldigen hat.

»Ihr seid nicht nüchtern«, stellt Rollo fest.

»Und du viel zu«, sagt Tom und deutet zu den Rucksäcken.

Rollo stapft los.

Isabelle sagt: »Herzlichen Glückwunsch.«

»Danke.« Tom sieht die Stiefel an. Er kann nicht wegsehen. Es sind Stiefel, die einen nicht wegsehen lassen. Er hat sie einige Zeit nicht gesehen. Die Stiefel nicht. Isabelle nicht. Es hat sich nicht ergeben. Die, die Abi gemacht haben, sind andere Wege gegangen als die, die kein Abi gemacht haben. Tom sieht weg von den Stiefeln, fragt: »Was hattet ihr denn vor?«

»Wir wollten shoppen.«

»Echt?« Verena zieht die Augenbrauen hoch. »Rollo und shoppen?«

»Er wollte unbedingt mit. Hat gesagt, Shoppen sei eine seiner Lieblingsbeschäftigungen.«

Tom grinst. Mit Isabelle würde Rollo wahrscheinlich auch zehnmal hintereinander die *Twilight*-Triologie gucken. Und dabei einfach auf ihre Stiefel starren.

Verena wird Isabelle eine zweite Chance geben. Rollo zuliebe. Wie es aussieht, ist das zwischen ihm und ihr doch etwas Ernstes. Immerhin ist sie noch da. Heute ist Verenas Herz weit offen. Für jeden.

Felix kommt vom Tresen des Kiosks zurück und zuckt die Schultern. »Die wollen einen Ausweis sehen. Ich hab keinen mit.«

Alle kramen in ihren Taschen. Einen Ausweis hat niemand dabei.

Isabelle sagt: »Lass mich mal.« Sie knöpft die Jacke auf, zieht sie aus. Darunter trägt sie eine Korsage. Alle glotzen. Tom auch. Felix pfeift leise durch die Zähne. Rollo strahlt Besitzerstolz aus. Anna wechselt mit Verena diesen Blick, der alles sagt, was es über Schlampen zu sagen gibt. Verena erwidert ihn nicht. Sie will nicht einstimmen. Sie will offen bleiben.

Isabelle stöckelt Richtung Kiosk. Der Besitzer sieht aus, als habe er sich die Finger in der Kasse eingeklemmt. Korsage. Minirock. Die Stiefel. Und es kommt auf seinen Tresen zu. Es säuselt. Es gluckst. Es schaut tief in seine Augen. Es bekommt eine Flasche Wodka und bedankt sich mit einem Luftkuss.

Verena sieht, wie Rollo und Felix Isabelle hinterherhechten. Oder der Flasche. Sie fragt sich, wie das ist, wenn alle auf einen stehen. Wenn man nur mit dem Finger schnippen muss und die freie Wahl hat. Ob man dafür so eine wie Isabelle sein muss. Ob man auch eine wie Verena sein kann.

Tom beobachtet Rollo. Der an Isabelle klebt wie Pattex. Am liebsten würde er sie die ganze Zeit umschlingen, aber sie lässt ihn nicht. Rollo registriert jeden Blick, der Isabelle trifft. Davon gibt es unzählige. Kein Wunder bei dem Outfit. Die Jacke hat sie nicht mehr zugeknöpft. Ihre hochgepuschten Brüste wippen. Sie wiegt die Hüften auf eine Art, wie Frauen es in Filmen tun. In alten Filmen. In denen es Wespentaillen gibt. Und überlange Lidstriche. Jeder Mann ist eingeladen, diesen Hüftschwung anzusehen. Isabelle weiß um alle Blicke. Die begehrenden der Männer. Die angewiderten der Frauen. Oder sind sie neidisch? Tom fragt sich, ob sie auch seine Blicke spürt.

Anna schließt auf. Nimmt einen tiefen Schluck aus der Flasche, reicht sie an Tom weiter, sagt: »Was findet er nur an der?«

»Ist doch offensichtlich, oder?«

Anna zieht geräuschvoll die Luft durch die Nase. »Sie ist eine von der Sorte, die Ärger macht.«

»Ärger würde ich das nicht nennen.« Tom lacht.

Anna nicht. Sie nimmt ihm die Flasche ab, obwohl er noch gar nicht getrunken hat. »Warte ab.«

Tom fängt Verenas Blick auf. Er scheint schon länger bei ihm verweilt zu haben. Tom lächelt. Verena versucht es auch. Aber es will ihr nicht wirklich gelingen. Tom deutet mit dem Kopf zu Rollo und Isabelle, verdreht die Augen. Da lacht sie auch.

Verena lehnt ab. Isabelle hält den anderen die Zigarettenpackung hin. Rollo, Anna und Felix greifen zu. Sie rauchen manchmal. Wenn die Gelegenheit es ergibt. Verena und Tom nie. Sie haben sich das geschworen. Das und zwei andere Sachen. Die großen drei Schwüre. Keine Drogen, keine Zigaretten, kein Fremdgehen.

Verena versucht, auf der Linie zu gehen, die die Pflastersteine auf dem Boden bilden. Es klappt nicht mehr. Tom nimmt ihre Hand. Sie versucht es noch einmal. Die Linie verschwimmt vor den Augen. Ein leichter Schwindel lässt Verena den Blick heben, den Horizont suchen.

»Du bist blitzeblau«, sagt Tom, legt den Arm um ihre Taille, hilft ihr beim Geradeausgehen. »Willst du was essen?«

Verena nickt. Tom weiß immer, was sie braucht. Auch wenn sie es selbst vergessen hat.

»Goldene Möwe!«, ruft Tom und deutet nach links. Das gute an Fast-Food-Ketten ist, dass sie immer genau da sind, wo man sie gerade braucht.

Die anderen sind Feuer und Flamme. Auf den Tabletts stapeln sich die Kartons und Tüten. Es riecht nach Fett.

Rollo sagt: »Wetten, ich kann einen Burger mit drei Bissen runterschlingen?«

»Wette gilt!« Wer sonst außer Felix würde darauf eingehen.

Verena seufzt. Sie kennt das schon. Rollo schlingt alles in drei Bissen runter. Berliner. Croissants. Bockwürste. Er ist ein Schlinger. Immer schon gewesen. Er schlingt sogar das Leben in sich hinein.

»Eins. Zwei. Drei. Los!«

Rollo stopft. Kaut. Schluckt. Stopft. Kaut. Schluckt. Stopft. Kaut. Schluckt. Der Burger ist weg. Die Luft, die er im Magen verdrängt, macht sich lautstark auf den Weg nach oben.

»Um was haben wir eigentlich gewettet?«, fragt Felix.

Alle lachen. Keiner hat daran gedacht.

»Pech für dich. Wetteinsatz wird nachgereicht«, entscheidet Rollo.

»Das ist voll ungerecht!«, findet Felix.

»Dass du Schwachkopf Abi hast und ich nicht, das ist ungerecht!«

Die anderen werfen mit Vorschlägen um sich. Keiner außer Verena sieht, dass Isabelle sich zu Rollo beugt, ihm etwas ins Ohr flüstert. Er grinst. Und sagt: »Küss eine der anwesenden Frauen mit Zunge!«

Alle stöhnen.

»Was für eine Kinderkacke ist das denn?«

»Das hab ich zuletzt auf dem dreizehnten Geburtstag meiner Cousine beim Flaschendrehen gehört.«

»Du bist echt so ein Flachwichser.«

Keiner weiß, dass Isabelle der Flachwichser ist. Es war ihre Idee. Verena kann sich gerade noch bremsen, es auszuposaunen.

Rollo verschränkt die Arme vor der Brust. Die Kommentare der anderen prallen von ihm ab. »Wette ist Wette«, sagt er.

Felix schaut von einer zur anderen. Er zwinkert Verena zu. Klar, dass er sie nicht wählen kann. Und Isabelle? Verena kann sehen, wie es hinter Felix' Stirn arbeitet. Wenn Rollo ihm so blöd kommt! Er traut sich aber nicht. Landet bei Anna. Die sich windet und jammert. Den Mund mit Wodka desinfiziert. Das Ganze aber kaum ernst meint. Bei all den Typen, die sie schon geküsst hat, kommt es auf einen mehr oder weniger auch nicht an. Und heute sowieso nicht. Auch wenn es Felix ist. Den zu küssen ihr bestimmt noch nicht im Traum eingefallen ist. Nicht, weil er zu hässlich wäre. Es ist halt eben einfach nur Felix. Er rutscht auf der Bank an Anna ran, spitzt die Lippen, legt umständlich die Hand auf ihre Schulter, zieht sie näher.

»Mit Zunge!«, erinnert Rollo.

Felix öffnet die Lippen. Seine Zunge ist zu sehen. Schiebt sich vor zwischen Annas Lippen. Bewegt sich wie eine blinde Schlange. Tastend. Zurückzuckend. Dann mutiger.

»Reicht!«, ruft Rollo nach ein paar Sekunden.

Aber die beiden hören nicht auf. Haben jetzt sogar die Augen geschlossen. Bewegen sich irgendwie synchron.

Isabelle hebt die Hand und lässt Rollo einschlagen. »Wusste ich doch, dass da was geht.«

Da geht nichts! Verena kennt ihre Freunde. Sie sucht Toms Blick. Will Bestätigung. Aber Tom scheint sich zu amüsieren. Über Isabelles Machenschaften. Über Isabelle. Die sich reindrängt in ihr Leben. Der eine Chance zu geben Verena überhaupt keine Lust mehr hat.

Verena steht auf. Sie weiß gar nicht so genau, wieso. Und wohin sie will. Also geht sie zu den Toiletten, macht prophylaktisch Pipi, steht im Waschraum, wäscht die Hände, sieht sich im Spiegel an. Denkt immerzu an Isabelle. Die macht, was ihr gefällt. Die sich nimmt, was ihr gefällt. Der gefällt, was sie macht und was sie sich nimmt.

Tom holt Burger-Nachschub.

Felix versucht sich jetzt an der Drei-Bissen-Methode. Dass er kotzen wird, steht außer Frage. Aber das stört weder ihn noch den Rest. Kotzen gehört an so einem Tag dazu. Auch wenn sie es morgen alle bereuen und schwören werden, nie wieder einen Tropfen anzurühren.

Die Schlange ist länger geworden. Es ist Mittagessenszeit, auch wenn es Tom so vorkommt, als müsste es bald dunkel werden. Wie lang ein Tag ist, wenn jede Minute zählt.

Plötzlich steht Isabelle neben ihm. Als er sich ihr zuwendet, ist das Dekolleté das Erste, was ihm ins Auge fällt.

Sie sagt: »Ich könnte ein Eis vertragen.«

»Erdbeersoße oder Karamell?«

»Karamell.« Sie sieht aus, als habe sie jetzt schon eine Portion Soße im Mund und würde sie genüsslich an den Gaumen pressen. Für einen Moment denkt er, sie wolle ihm noch etwas sagen. Aber sie sagt nichts.

Tom bestellt. Das Eis kommt zuerst. Er reicht es ihr. Sie könnte jetzt gehen. Geht aber nicht. Sie leckt, obwohl es einen Löffel gibt, mit der Zunge die Karamellsoße vom Weiß. Schaut Tom dabei in die Augen.

»Schmeckt es?«

»Probieren?« Sie hält ihm das Eis hin. Er kann die Vertiefung sehen, die ihre Zunge darin hinterlassen hat.

»Nee, ich mag kein Karamell. Bin eh nicht so der Süße heute.«

»Das hast du gesagt.« Isabelle zwinkert ihm zu. Oder auch nicht. Tom ist sich nicht sicher.

Er zahlt. Als er sich umdreht, ist sie weg. Als er zum Tisch kommt, sitzt sie auf Rollos Schoß und lässt ihn Soße lecken.

Verena sieht von Weitem die neue Ladung Burger auf dem Tisch und ihr wird schlecht. Sie muss raus. An die Luft. Und zwar sofort. In der Tür herrscht Gegenverkehr. Eine Horde kleiner Kinder, alle kreischen und drängeln. Es dauert ewig, bis Verena draußen ist, Luft einsaugt.

Die Fußgängerzone ist voller Menschen. Jeder scheint ein Ziel zu haben. Verena lehnt sich an das Schaufenster des Nebengebäudes und versucht, einen klaren Kopf zu bekommen. Sie massiert die Schläfen. Bekommt ein Gefühl dafür, wo sie anfängt und wo sie aufhört. Sie schließt die Lider, ihr schwindelt. Als sie die Lider wieder öffnet, sieht sie in zwei schwarze Augen.

Jesse steht erschreckend nah. Auf Augenhöhe. Die langen Wimpern strecken sich nach ihr aus.

»Du hast nicht angerufen«, sagt er. Sein Geruch mischt sich in die Innenstadtluft.

»Ich hatte nicht gesagt, dass ich anrufe.«

Er tritt einen kleinen Schritt zurück. So viel, dass sie wieder atmen kann, so wenig, dass der Fluchtweg abgeschnitten bleibt. Er sagt: »Du hast schon wieder eine Fahne.«

»Ich bin halt dauernd blau.«

Er lacht. »Gibt es was zu feiern?«

»Abinoten.«

»So jung bist du noch?«

»Achtzehn.«

»Achtzehn.« Er lässt sich die Zahl auf der Zunge zergehen.

»Wie alt bist du denn?«

»Rate mal.«

»Fünfundzwanzig.«

Er lacht. »Leg noch mal zwei drauf.« Jetzt ist er wieder näher gekommen. Sein Geruch ist da. Er riecht anders. Anders als Tom. Er sagt: »Zu alt für dich?«

»Zu alt wofür?«

»Für ein gepflegtes Gespräch bei einem Glas Mineralwasser und einer Aspirin?«

»Aspirin gibt es erst morgen früh.«

»Man soll es nehmen, wenn es akut ist, das gleicht den Mineralhaushalt aus.«

»Ich muss nichts ausgleichen.« Verena fühlt sich verwirrt. Als könnte sie dem Gespräch nicht folgen. Sie kann die Poren in seiner Haut sehen. Dunklere Haut als Toms. Jesse fährt sich mit der Hand durch die Haare. Lässt die Hand wieder sinken. Streift dabei ihren Arm, der bisher unbeteiligt an ihr heruntergehangen hat. Jetzt versteift er sich. »Ich muss wieder rein«, sagt sie.

»Da rein?« Er verzieht das Gesicht.

»Stehst du nicht auf Fast Food?«

Er grinst nur. Verena hofft, dass er zur Seite geht, aber er geht nicht. Sie sagt: »Mein Freund wartet da drinnen.«

In seiner Mimik verändert sich etwas. Die schwarzen Augen, in denen sie sonst keinen Grund sieht, sind mit einem Mal endlich.

Verena wendet den Blick ab. Im selben Moment kommt Isabelle aus der Tür. Verena sieht sie aus dem Augenwinkel. Isabelle nestelt eine Zigarette aus der Packung, zündet sie an, inhaliert. Als sie in Verenas Richtung schaut, pustet sie Rauch aus, als wollte sie die Szene in Nebel hüllen.

Verena schiebt Jesse zur Seite, macht einige Schritte auf Isabelle zu. Geht an ihr vorbei. Hinein.

Sie spürt Isabelles Blick im Rücken. Hört, wie sie ihr hinterherruft: »Beeil dich, deine Pommes werden kalt.«

Tom sieht Verena kommen. Sie sieht seltsam aus. Vielleicht ist ihr schlecht. Sie war lange weg. Vielleicht hat sie gekotzt. »Alles klar bei dir?«, fragt er, rutscht zur Seite, damit sie sich neben ihn und nicht woandershin setzt.

»Alles bestens.«

»Sollen wir nach Hause gehen?«

»Wir fangen doch gerade erst an.« Sie nimmt sich einen Burger und beißt hinein.

Wenn sie essen kann, wird es so schlimm nicht sein. Und nach Hause zu gehen ist das Letzte, was Tom jetzt will. Auch wenn er es ihr zuliebe tun würde.

Felix und Rollo haben schlappgemacht. Sie hängen in den Stühlen wie gestrandete Blauwale. Anna hockt vor einem dieser Computer für Kleinkinder und färbt irgendein Einhorn bunt.

»Ich will rutschen«, sagt Felix. »Ich hab echt keine Ahnung, wann ich das letzte Mal gerutscht bin.«

»Ich rutsch nicht mehr. Die Rutscherei ist vorbei«, sagt Anna.

»Und schaukeln?«

»Mit dem Blutalkohol?«, fragt Tom.

»Ist vielleicht wie fliegen. Früher war es wie fliegen. Auch ohne Alkohol. Als Kind hat sich irgendwie alles nach was angefühlt. Jetzt ist das meiste einfach, was es ist.«

»Werd mal nicht sentimental, Alter.« Rollo gibt Felix einen Hieb gegen den Oberarm.

»Wieso nicht? An so einem Tag kann man sich das mal leisten, oder?« Felix schaut zu Tom. Will Bestätigung.

»Schaden kann es nicht«, sagt Tom.

»Scheißeinhorn«, schimpft Anna. »Egal was ich drücke, es wird immer grün.«

»Scheißalkohol«, äfft Rollo sie nach. »Egal was ich trinke, ich werde immer blau.«

Anna lässt ihr Einhorn Einhorn sein und setzt sich neben Felix. »Einhörner waren früher auch besser.«

»Ich habe an Einhörner geglaubt. Und an Elfen. Und an Zwerge«, sagt Felix.

»Zwerge?« Rollo lacht. »Du bist echt so ein Sack!«

Anna streichelt Felix' Kopf. »Lass den Klotz reden. Ich finde Männer, die Gefühle zeigen können, gut.«

Ein Raunen am Tisch.

Felix grinst. Anna legt die Hände um seinen Hals. Sofort geht das Geknutsche wieder los.

»Ist das jetzt alkoholbedingte Notgeilheit oder ist das Amore?«, flüstert Tom Verena ins Ohr.

Verena zuckt mit den Schultern. Sonst nichts. Tom hat keine Lust, sich von Verenas Laune runterziehen zu lassen. Nicht heute.

»Was ist? Ziehen wir weiter?«, fragt Isabelle in Toms Rücken. Als Tom sich zu ihr umdreht, strahlt sie. Sie steckt voller Energie. Voller guter Laune.

Verena wird schon vom Zuschauen schlecht. Felix schaukelt. Gefühlte drei Stunden schon. Und ruft dauernd: »Gleich mach ich Überschlag! Ich fliege! Seht ihr, ich fliege noch!« Anna und Tom balancieren auf Holzstämmen. Verena sitzt auf der Wippe. Wippt aber nicht. Sie blickt zu Isabelle, die ganz oben auf dem Klettergerüst sitzt und raucht. Wie eine Galionsfigur auf einem Schiff. Verena denkt an Jesse. Sie glaubt nicht an Fügung. Aber an solche

Zufälle auch nicht. Egal was, sie hätte darauf verzichten können. Dann müsste sie jetzt nicht darüber nachdenken.

Anna kreischt. Sie hat sich an Tom festgekrallt. Dieselbe Situation wie auf dem Brunnenrand. Nur diesmal wartet keine kalte Dusche. Höchstens Sand in allen Ritzen.

Einmal hatten Verena und Tom Sex am Strand. Einmal und nie wieder. Das Zeug war überall. Und es hat geschabt. Vielleicht haben sie auch was falsch gemacht. Andere Leute schwören auf Sex am Strand.

Tom und Anna fallen in den Sand. Lachen sich schlapp. Kullern, robben um die Wette. Wer zuerst an der neuen Wodkaflasche ist. Im Supermarkt wollte keiner einen Ausweis sehen. Und billiger war es auch. Tom gewinnt. Gibt aber Anna die Flasche. So ist er eben.

Verena hat nicht mitbekommen, dass Isabelle sich auf die gegenüberliegende Wippenseite gesetzt hat, und geht unerwartet in die Höhe.

Isabelle sagt: »Ich habe seine Visitenkarte.«

Verena weiß sofort, wen sie meint. Sie fragt sich, ob Isabelle zu laut spricht. Ob wer mithört. Ob Tom mithört.

»Er meinte, ich soll sie dir geben, du hättest sie wohl beim letzten Mal verloren.«

Verena zuckt mit den Schultern. »Wer?«

Isabelle grinst, wie jemand grinst, dem nichts vorzumachen ist. »Wenn du die Nummer nicht brauchst ... Ist ein süßer Typ.« Sie zieht die Visitenkarte aus ihrer Korsage zwischen ihren Brüsten hervor, reibt mit den Fingern über das Papier, als wollte sie seine Qualität prüfen.

Verena steigt, als sie unten ist, mit einem Satz von der

Wippe. Die Wippe knallt mit Isabelle auf den Boden. Es muss wehtun. Es soll wehtun. Verena ist schnell. Schon hat sie Isabelle die Karte aus der Hand genommen, zerknüllt sie, wirft sie in den nahen Mülleimer.

Isabelle grinst immer noch. »Ich hol sie wieder raus und bügel sie glatt.«

Verena greift in den Mülleimer, steckt die Visitenkarte in die Hosentasche.

Isabelle steigt von der Wippe, geht auf Verena zu, kommt ganz nah, sagt: »Eines Tages willst du es wissen. Wie es mit jemand anderem ist. Und wenn du es nicht ausprobierst, wirst du den Gedanken nie los. Und das macht deine Beziehung kaputt. Erst unbemerkt, dann immer deutlicher. Und am Ende hasst ihr euch.«

Tom spürt, wie die Stimmung absackt, als Verena sich zu ihm und Anna in den Sand setzt. Verena taugt heute nur noch als Spaßbremse. Sie wirkt, als sei sie in Zellophan verpackt, irgendwie isoliert von allen anderen. Er reicht ihr die Flasche. Sie trinkt. Fast sieht sie traurig aus. Tom spürt Mitleid inmitten des Ärgers. Er rutscht näher, schlingt die Beine um Verenas Körper, lässt sie sich an seinen Oberkörper lehnen.

»Der kotzt gleich.« Anna zeigt zur Schaukel.

»Hältst du ihm die Haare aus dem Gesicht?«, fragt Tom.

»Er hat zwei Zentimeter kurze Stoppeln!«

»War eine Metapher.«

»Ich könnte ihm ein Taschentuch anreichen. Oder ihm die Wodkaflasche geben, damit er was zum Mundausspülen hat.«

»Das ist Liebe!«

Anna nimmt die Flasche und geht zur Schaukel.

Verena legt den Kopf in den Nacken, sieht zu Tom hoch. Sieht ihn an, als würde sie etwas in seinem Gesicht suchen.

Tom fragt: »Was ist denn?«

»Nichts.«

Tom hat keine Lust mehr auf nichts. Er kennt diesen Blick. Er hält ihn schon zu lange aus und sagt sich, dass nichts ist. Es ist nicht nichts. Noch vor zwei Stunden, am Brunnen, da hat er es geglaubt. Dass alles verschwunden ist, sich zusammen mit dem Abistress in Luft aufgelöst hat. Dass es eine Phase war, die vorbeigeht. »Sag schon. Raus damit.«

Sie sieht weg, während sie spricht: »Wirst du irgendwann bereuen, dass du nie mit einer anderen was hattest, immer nur mit mir?«

»Wie kommst du denn darauf?«

»Nur so.«

Das ist es also, was sie beschäftigt. Was hinter diesem Blick steckt. »Ich habe noch nie darüber nachgedacht.«

Sie sieht ihn an, verengt die Augen. Er fragt sich, ob sie seiner Stimme anhört, dass er lügt. Sie fragt: »Echt nicht?«

»Na ja, vielleicht mal darüber nachgedacht. Weil man ja auch dauernd gefragt wird.«

»Wird man?«

»Kerle eben. Die interessiert so was. Die wollen ihren Schwanz am liebsten in alles reinstecken, was nicht bei drei auf den Bäumen ist. Schon aus genetischen Gründen.«

»Aber du nicht?«

»Ich nicht.«

Sie sieht weg. »Warum nicht?«

»Weil mir nichts fehlt. Weil du alles bist, was ich will. Weil ich dich gegen keine Frau der Welt eintauschen möchte. Darum!« Toms Ton passt nicht zu den Worten, die er gewählt hat. Sie soll aufhören. Ruhe geben. Er lockert die Beine, die immer noch um Verenas Körper geschlungen sind.

Sie fragt: »Bist du sicher?«

»Ja, verdammt. Absolut. Ich finde es gut, wenn ich den Rest des Lebens nur mit dir Liebe mache.«

Sie sagt nichts mehr. Sieht zur Schaukel.

Felix fliegt immer noch. Anna steht mit erhobener Flasche vor ihm. Felix versucht, mit den Füßen die Flasche zu treffen. Brüllt: »Weg da!« Anna rennt. Felix springt ab. Im vollen Flug. Er landet im Sand, knallt auf den Hosenboden. Anna läuft zu ihm, kniet vor ihm, küsst ihn. Sie haben noch alles vor sich. Sie werden Liebe machen. Darum geht es schließlich. Um nichts anderes.

Liebe machen mit Verena. Nur das.

6

Verena schiebt Tom die Speisekarte zu. Sie sehen gemeinsam hinein. Wie immer. Die Gerichte sind teuer. Aber heute ist das egal. Heute haben Verena und Tom ihre Abizeugnisse bekommen. Heute tragen alle ihre besten Sachen, alle außer Rollo. Der Direktor hat Verena viel Glück für die Zukunft gewünscht. Sie hat an seinen Lippen abgelesen, dass er das jedem gesagt hat.

»Champagner für alle!«, ruft Bernd.

»Es ist Mittag«, wirft Inge ein. Ohne die Miene zu verziehen. So ist sie schon den ganzen Morgen, nur zu Verena nicht. Wenn Inge denkt, dass Verena sie anschaut, setzt sie ein Lächeln auf. Verena hat keine Lust, sich zu fragen, was schon wieder mit ihrer Mutter los ist.

»Ja, und?« Bernd zuckt mit den Schultern.

»Die Kinder haben heute noch einen langen Tag.«

»Komm schon, nur zum Anstoßen!«

»Wir können auch mit Saft anstoßen.«

»Und statt Steak essen wir ein Radieschen.«

Inge lacht nicht.

»Komm, ein Glas kann ja wohl nicht schaden.«

»Einmal ist keinmal, was, Bernd?« Inges Stimme ist scharf.

Tom schaut von der Speisekarte auf, Verena, Rollo, Hannes. Nur Sigrid nicht. Sie sagt: »Das Lamm hört sich köstlich an.«

Verena tippt auf den Lachs und auf das Medaillon. Tom nickt. Er verlässt sich auf ihren Riecher. Sie werden beides teilen. So machen sie das immer. Verena greift nach Toms Hand. Sucht seinen Blick. Er lächelt.

»Kann ich eine Vorspeise?«, fragt Rollo.

»Heute darfst du von mir aus die ganze Karte hoch- und runterbestellen«, sagt Bernd. »Friss mir die Haare vom Kopf.«

»Welche Haare?«

»Die letzten drei, die du mich noch nicht gekostet hast.«

»Also, echt jetzt? Ich kann bestellen, was ich will?«

»Nur zu. Immerhin habe ich schon mal *ein* Kind, das sich bald alleine ernähren kann.«

Rollo winkt nach dem Kellner. Er will bestellen, bevor Bernd es sich anders überlegt.

»Alle gewählt?«, fragt Hannes. »Ich nehme auf jeden Fall die Schnecken vorweg, dann das Ragout und als Nachtisch Mousse au Chocolat. Und du das Lamm, Schatz?«

Sigrid zuckt mit den Schultern. »Ich möchte nur einen Salat.«

»Salat?« Rollo fasst es nicht. »Bist du eine Ziege?«

»Wer weiß«, sagt Inge. Ohne die Miene zu verziehen.

Verena fragt sich, ob Inge nicht mitbekommt, dass sie die Stimmung ruiniert.

»Ich habe einfach keinen Appetit heute«, erklärt Sigrid.

Der Kellner kommt an den Tisch. Rollo bestellt allen

Ernstes zwei Vor- und zwei Hauptspeisen. Über die Anzahl der Nachtische will er später entscheiden. Bernd bestellt Champagner für alle. Trotzdem.

Verena beobachtet Inges Gesicht. Sie sieht aus wie jemand, der nicht weiß, ob er sich noch ärgern oder lieber resignieren soll. Verachtung sieht so aus. Und Verena ist sich sicher, dass sie das zum ersten Mal bei Inge sieht. Und es lieber nicht gesehen hätte.

»Und, wie fühlt ihr euch jetzt so?«, fragt Hannes.

»Reif.« Tom grinst.

»So fühlt sich auch faules Fallobst«, sagt Rollo.

»Na, du musst ja wissen, wie sich was Faules fühlt«, sagt Verena.

Rollo zeigt den Mittelfinger.

»Im Ernst jetzt«, sagt Tom. »Ich fühle mich in erster Linie befreit. Die Prüfungen und die Lernerei, das war schon hart.«

»Das wird aber im Studium nicht anders sein«, sagt Inge.

Tom nickt. »Aber da lebe ich mit Verena zusammen. Dann ist alles okay.«

»Ihr lebt doch jetzt schon zusammen«, sagt Bernd.

»Aber ihr lebt in denselben Häusern. Das ist ein klitzekleiner Unterschied.«

»Ja, zum Beispiel, weil wir eure Wäsche waschen, euer Essen kochen, eure Bude putzen«, sagt Sigrid.

»Weil ihr dauernd fragt, was wir machen, wo wir waren, wann wir kommen«, ergänzt Tom.

»Demnächst fragt dich das Verena!« Sigrid knufft Verena in den Arm. »Vertrauen ist gut, Kontrolle ist besser.«

Ein Geräusch von Inge, das alle Worte, die auf Zungen liegen, verscheucht.

Verena sagt trotzdem: »Wir vertrauen uns blind.«

Tom sagt: »Und taub.«

Der Champagner wird gebracht. Hannes nimmt sein Glas, steht auf. »Sohn. Verena. Meine lieben Maturanten.«

»Matu... was?«, fragt Rollo.

»Besitzer der Matura. Reifeprüfung. Abitur. Erheben wir das Glas auf euren Fleiß, eure Intelligenz, eure glänzende Zukunft. Und, last but not least, eure Liebe.«

Tom trinkt den letzten Schluck Champagner. Er schmeckt nach mehr. Aber daraus wird erst am Abend etwas. Die Eltern denken immer noch, ein Glas würde reichen, um die Kinder unter den Tisch zu befördern. Vielleicht müssen Eltern so was denken, so naiv sein. So tun, als sei der Nachwuchs noch ein Kind, bis sie ihn dann in die Welt entlassen. In drei Monaten geht alles auseinander. Rollo wird hierbleiben, Anna und Felix werden in andere Städte gehen. Tom und Verena werden an der Uni nicht mehr dieselben Kurse besuchen. Nicht einen gemeinsamen. Sie wird Biologie und Englisch auf Lehramt studieren. Er Medien- und Kommunikationswissenschaften. Sie werden sich zum Mittagessen in der Mensa sehen, Freistunden zusammen in der Sonne verbringen, in ihrem eigenen Zuhause lernen, faulenzen, sich lieben.

Tom schaut zu seiner Mutter. Sie pickt im Salat, als suche sie nach Käfern. Sie hat bisher kaum einen Bissen in den Mund gesteckt. Er fragt sich, ob sie krank ist. Früher hat er sich das nie gefragt. Er dachte, sie sei unzerstörbar. Bis sie vor zwei Jahren diese Sache hatte und wochenlang in ihrem Zimmer saß. Jetzt pickt sie im Salat und er fragt sich, ob es wieder losgehen könnte.

Sigrid spürt seinen Blick, schaut zurück. Ein Lächeln zaubert sich auf ihre Lippen. Sie steckt ein Salatblatt in den Mund und hebt die Augenbrauen, als wollte sie sagen: *So etwas Leckeres habe ich noch nie gegessen.* Sie kann ihm nichts vormachen.

Hannes steht schon wieder, klopft an sein leeres Champagnerglas. »Wenn ich noch mal um die Aufmerksamkeit der Hauptpersonen bitten dürfte! Wir haben da eine Überraschung für euch.« Alle Augen kleben jetzt an Hannes. Nur Rollo fischt sich die letzte Scheibe Baguette aus dem Brotkorb und kratzt damit die Soße vom Teller.

»Übermorgen ...« Hannes schaut zu Bernd, Inge, Sigrid, als wollte er prüfen, ob ihm jemand die Verkündung streitig machen will. Es will niemand. »Übermorgen fahren wir alle zusammen nach Marburg. Denn ...« Wieder sieht er sich um. Er will es spannend machen. »Denn ihr habt einen Besichtigungstermin für eine ...?« Hannes reißt die Augen auf und wartet, dass Verena oder Tom den Satz beenden.

Rollo kommt ihnen zuvor. »Gruft.«

»So was in der Art.« Hannes lacht. »Ein Geschäftspartner von mir hat ein Mietshaus. Und da wird was frei. Fünfzig Quadratmeter, Balkon, Badewanne. Wenn ihr sie wollt, gehört sie euch!«

In Tom baut sich sofort ein Bild auf. Ein lichtdurchflutetes Zimmer, auf dem Boden eine Matratze, zwei Gläser, eine Flasche. Durch das offene Fenster weht eine leichte Brise. Er legt seinen Kopf in Verenas Schoß und weiß, dass die Vorlesungen heute ohne sie stattfinden müssen.

»Geil!« Tom geht um den Tisch herum, nimmt seinen Vater in den Arm. »Seit wann weißt du das?«

Hannes winkt ab. »Es sollte doch eine Überraschung sein.«

Auch Verena ist bei Hannes angekommen. Sie umarmt ihn. Ob sie dasselbe Bild im Kopf hat? Ihr Ehrgeiz wird die Szene anders enden lassen. Zu spät kommen, okay, aber ausfallen lassen, niemals. Verena umarmt Sigrid. Und auch Tom umarmt seine Mutter. Dann Verenas Mutter. Und Bernd. Und weil er schon mal dabei ist, legt Tom von hinten die Arme auch um Rollo, der als Einziger noch sitzt. Rollo schüttelt ihn ab. »Eh, du Schwuchtel.«

Verena breitet die Arme aus. Tom hebt sie hoch. »Ich kann es nicht fassen. Du und ich, wir haben unsere erste gemeinsame Wohnung!«

Und Verena sagt: »Es fühlt sich irgendwie richtig unwirklich an.«

Verenas innerer Seismograf spürt, dass ein Gewitter in der Luft liegt. Als sei es schwül, die Luft elektrisch aufgeladen. Als flögen die Vögel tief, als röche es nach Regen. Sie nimmt Toms Hand, als wolle sie ihn irgendwohin mitnehmen. Als wolle sie, dass er verhindert, dass sie wegläuft.

Der Hauptgang kommt. Tom schiebt seinen Teller neben Verenas. So kann sich jeder von ihnen jederzeit nehmen, wonach ihm zumute ist. Sie werden einen Wettlauf um Fisch und Fleisch veranstalten, die Kartoffeln werden bis zum Schluss auf dem Teller liegen. Wenn Verena mit Tom teilt, isst sie doppelt so schnell wie sonst. Er kann es sich einfach nicht angewöhnen zu genießen.

Alle haben jetzt einen Teller vor sich, von dem es dampft und duftet. Nur Sigrid und Inge nicht. Der Kellner verschwindet in der Küche, kommt mit einem letzten Teller zurück, setzt ihn vor Sigrid ab. »Guten Appetit.«

»Er gehört nicht ihr! Das ist meiner!« Inges Stimme ist so scharf, dass sogar die Gespräche an den Nachbartischen verstummen.

Der Kellner entschuldigt sich, bringt den Teller zu Inge. »Dann fehlt einer?«

»Nein!« Sigrid schüttelt den Kopf.

»Dann teilen Sie?«, fragt der Kellner.

Da bricht es los, das Gewitter. So plötzlich, als seien Special Effects im Spiel. Inge lacht. Nicht wie Inge normalerweise lacht. Nicht wie irgendwer lacht. Sie lacht, als wollte sie etwas in Grund und Boden lachen. Sie schnappt nach Luft, ruft immer wieder »Teilen!« und scheint selbst zu wissen, dass es nicht lustig ist. Sie lacht nicht, weil etwas lustig ist. Sie lacht, weil sie nicht weinen will.

Verena spürt, wie sich ihr Magen zusammenzieht. Wie sich alles zusammenzieht.

Der Kellner verlässt den Tisch, fluchtartig. Rollo isst, als könne er so sichergehen, nicht über den Rand des Tellers hinausblicken zu müssen. Bernd hat das Besteck lautstark fallen lassen, die Arme vor der Brust verschränkt, ist zu Stein geworden. Hannes schaut von einem zum anderen. Keiner kann ihm weiterhelfen. Sigrid tupft sich die Lippen mit der Serviette ab, faltet sie zusammen, steht auf, umsichtig, als habe sie Angst, den Stuhl umzuwerfen. Sie sagt mitten in Inges Lachen, leise und trotzdem für jeden hörbar: »Entschuldigt mich, bitte«, und verlässt den Tisch. Inges Lachen hört so plötzlich auf, wie es angefangen hat.

Und Rollo fragt in die Stille: »Kann ich den Nachtisch jetzt knicken, oder was?«

Tom hält Verena an den Händen. Hannes verschwindet links, Bernd und Inge rechts im Hauseingang. Tom fragt Verena: »Kommst du mit zu mir?«

»Vielleicht sollte heute jeder mal zu sich nach Hause gehen. Die Lage checken.«

Tom nickt. »Wann soll ich dann rüberkommen?«

»Ich rufe an.«

»Ich will mir anschauen, was du anziehst.«

»Der Abiturient darf die Abiturientin nicht vor dem Ball sehen. Ich melde mich, wenn ich rausgeputzt bin.«

Verena will gehen, aber Tom zieht sie zu sich. Er sagt: »Das renkt sich schon wieder ein. Wer weiß, was denen über die Leber gelaufen ist.«

Verena gibt Tom einen schnellen Kuss. Sie dreht sich um, geht auf die Haustür zu.

Tom fragt sich, was sich hinter dieser Tür abspielen wird. Und hinter der, durch die er jetzt treten wird. Er hat keine Lust, es herauszufinden. Er würde lieber verschwinden. Schon jetzt. Nach Marburg. Mit Verena. Das ist der richtige Zeitpunkt. Jeder Tag, der verstreicht, ist ein Tag zu viel.

Verena zieht die Schuhe aus, die Jacke. Sie steht da in ihrem viel zu adretten Hosenanzug, auf dem Inge bestanden hat, und lauscht. Es ist alles still, bis aus der Küche das

Geräusch der zufallenden Kühlschranktür zu hören ist. Verena geht hin. Rollo sitzt am Tisch und schaufelt Eis aus der Packung in sich hinein.

»Hast du immer noch nicht genug?«

»Wenn ich einmal anfange, kann ich nicht mehr stoppen. Ab irgendeinem Punkt rutscht alles nur noch durch.« Rollo hält ihr das Eis hin.

Sie schüttelt den Kopf. »Wo sind Mama und Papa?«

»Oben. Streiten.«

»Ich höre nichts.«

»Im Moment ist Pause.«

Verena setzt sich neben Rollo an den Tisch. Sie hätte sich auch gegenüber setzen können, aber sie will neben ihm sitzen. »Was ist denn da los?«

Rollo zuckt mit den Schultern.

»Scheint aber irgendwas mit drüben zu tun zu haben.«

Wieder Schulterzucken.

»Hast du was verstehen können?«

»Arschloch.«

»Mama?«

Rollo nickt. »Die ist echt in Rage.«

Im ersten Stock knallt etwas auf den Boden. Inge schreit. Bernd schreit auch. Verena und Rollo schauen sich an.

Verena möchte, dass Rollo es ausspricht, aber er schweigt. Also sagt Verena: »Und wenn es was Ernstes ist? Die sind schon seit Wochen so komisch.«

»Was kümmert es dich? Du bist eh in drei Monaten weg.«

Wieder ist der Aufprall eines Gegenstandes auf dem Boden zu hören. Diesmal ist es Rollo, der ausspricht, was beide denken. »Schmeißen die mit was um sich oder gehen die sich an die Wäsche?«

Verena steht auf. Rollo folgt ihr. Sie müssen das gar nicht absprechen. Vielleicht, weil doch ein Rest Zwilling in ihnen steckt. Vielleicht auch nur, weil die Situation kein anderes Handeln zulässt. Sie steigen die Treppe hoch. Jede Stufe macht ein Geräusch. Das fällt nur auf, wenn jegliches Geräusch verhindert werden soll. Sie stellen sich vor die Schlafzimmertür. Jetzt ist alles gut zu verstehen. Inge hat das Wort.

»Ich bin also selbst schuld. Behauptest du das allen Ernstes?«

»Nein, natürlich nicht.«

»Was dann?«

»Ich sage nur, wenn ich hier nicht so –«

»So was?«

Im Zimmer herrscht Stille. Verena und Rollo schauen sich an. Verena findet nichts Neues in Rollos Blick. Nur das, was er wohl auch in ihrem findet. Sie rühren sich nicht. Warten, dass die Stille im Zimmer hinter der Tür beendet wird.

Bernd spricht. »War dir nicht klar, dass das irgendwann passiert?«

Inge antwortet nicht.

»Was hast du gedacht, dass ich einfach aufhöre, mich danach zu sehnen? Dass ich einfach werde wie du?«

Verena weiß es schon, bevor es passiert. Nur kann sie nicht so schnell zur Seite treten, hinter einer anderen Tür verschwinden, Rollo mit sich ziehen.

Die Schlafzimmertür wird aufgerissen. Inge stürzt hinaus. Sie sieht Verena und Rollo, reagiert aber nicht auf sie. Nicht wie eine Mutter, die sich zusammenreißt, weil die Kinder sie sehen. Nur wie eine Frau, die verletzt wurde. Inge rennt die Treppe hinunter.

Tom sieht aus dem Fenster. Es ist ein Taxi. Sigrid steigt aus. Tom hört, wie sich der Schlüssel in der Haustür dreht. Er hört Hannes' Schritte im Flur, Stimmen. Er öffnet seine Zimmertür, will mehr hören.

»Wo warst du?«

»Irgendwo.«

»Wieso bist du einfach verschwunden? Was sollte das?«

»Nichts.«

»Dein Sohn hat heute sein Abiturzeugnis bekommen und du –«

»Was?«

»Du benimmst dich seltsam.«

»Wirklich?«

»Und das nicht erst seit heute. Was ist denn los mit dir?«

Sigrid antwortet nicht.

»Fängt es wieder an? Müssen wir zu Doktor Werner?«

Sigrid lacht. »Das ist also deine Lösung für alles. Schicken wir die Frau zu Doktor Werner. Er wird es schon richten.«

»So habe ich das doch nicht gemeint.« Für einen Moment herrscht Schweigen, dann sagt Hannes: »Ich dachte, die alte Sache wäre gegessen. Hatten wir uns nicht darauf verständigt, dass wir die Vergangenheit ruhen lassen und in die Zukunft schauen?«

»Ja, das hatten wir.« Und nach einer Weile: »Man weiß nur nie, wie die Zukunft aussieht.«

Sigrids Schritte hallen auf den Fliesen in der Küche. Hannes geht ihr nach. Tom kann nichts mehr verstehen. Er schleicht die Treppe hinunter. Aber sie sprechen nicht. Die Kaffeemaschine ist zu hören. Ein Stuhl wird gerückt.

Tom sieht den Kleidersack mit dem weißen Anzug an der Garderobe hängen, auf dem Boden die frisch geputzten Schuhe. Er nimmt beides, öffnet die Haustür ohne ein Geräusch, geht um das Haus herum in den Garten, schlüpft durch die Lücke im Zaun aufs Nachbargrundstück, hängt den Kleidersack an das Klettergerüst und setzt sich auf die Schaukel. Wieso Bernd die nicht abbaut? Vielleicht weil sie ihn erinnert. An früher. Daran, dass schaukeln früher wie fliegen war.

Verena war nicht mehr hier, seit sie Rollo und Isabelle nackt im Bett vorgefunden hat. Rollos Zimmer ist ein Saustall. War es schon immer. Früher konnte Verena nicht einen Fuß vor den anderen setzen, weil der Boden mit Lego und Playmobil bedeckt war, jetzt, weil schmutzige Wäsche und Pizzakartons den Teppich ersetzen. Es riecht schlecht.

»Wann hast du das letzte Mal neue Bettwäsche aufgezogen?«

»Keine Ahnung.«

»Findet Isabelle das nicht eklig?«

»Nö.«

Verena würde sich gerne setzen, aber sie findet keinen freien Platz. »Ist das ihre Unterhose?«

»Ich trag so was jedenfalls nicht.« Rollo grinst.

Und auch Verena muss grinsen. Es passiert, ohne dass sie es will. »Und was machen wir jetzt?«

»Keine Ahnung. Ich hab noch Schokolade und Chips. Ein paar Dosen Cola. Wir können ein bis zwei Tage hierbleiben.«

Verena verzieht angewidert das Gesicht. »Dann muss aber wenigstens mal gelüftet werden.«

»Tu dir keinen Zwang an.«

Verena geht zum Fenster, reißt es auf. Sie sieht, dass Bernds Auto aus der Einfahrt fährt. »Papa ist weg.«

»Für immer?«

»Weggefahren, du Idiot!«

Rollo stellt sich neben Verena ans Fenster. Im Profil sieht er ein bisschen aus wie ihre eigene männliche Version. Um die Nase herum. Den Mund.

»Wir sehen nach, was sie macht«, entscheidet Verena.

»Ich bleib lieber hier.«

»Nein, du kommst mit.«

»Du kannst so was besser als ich. Vielleicht weint sie und dann ...« Rollo zieht die Schultern zu den Ohren.

»Dann nimmst du sie in den Arm.«

»Ich nehme sie nie in den Arm.«

»Dann fang damit an!« Verena schiebt Rollo vor sich her. Aus dem Zimmer heraus. Durch den Flur. Die Treppe hinunter. Sie geht davon aus, dass Inge auf dem Sofa zusammengesackt ist. Sie lauscht. Aber es ist nichts zu hören. Die Wohnzimmertür steht offen.

Im nächsten Moment knallt ihnen Musik entgegen. Irgendetwas Altes. Extrem laut. »I'm the firestarter.« Inge grölt mit. Verena ahnt, welche Szene sich im nicht einsehbaren Teil des Wohnzimmers abspielt. Inge tanzt. So wie Mütter tanzen. In ihrer Jugend getanzt haben. Wenn sie sich ausgeflippt gefühlt haben.

Verena sieht Rollos gequälten Gesichtsausdruck. Vorsichtig schleichen sie ins Wohnzimmer, sehen Richtung Anlage. Inge wirft die Arme hoch, springt, windet sich, stampft, schüttelt die Haare. Verena ist das peinlich. Vor wem, weiß sie nicht.

Plötzlich bleibt Inge wie angewurzelt stehen und starrt in den Garten. Verena und Rollo folgen ihrem Blick. Ein Kleidersack bauscht sich im Wind. Jemand schaukelt bis zum Himmel.

Tom hört Inges Stimme. »Willst du reinkommen?«

Er springt in vollem Flug von der Schaukel. Er kann es noch. Er nimmt den Kleidersack, hebt die Schuhe auf, läuft auf das Haus zu, sagt: »Ich dachte, ich ziehe mich bei euch um.«

Inge lächelt. »Tolle Idee!« Sie sieht aus, als habe sie Sport gemacht. Ein bisschen zerzaust, erhitzt. Aber nicht, als ginge es ihr schlecht. Tom ist erleichtert. So wie es aussieht, ist die Lage hier entspannt.

Er schaut zu Verena. Sie sagt nichts. Hat einen undefinierbaren Gesichtsausdruck. Genau wie Rollo. Irgendwie sehen sie sich jetzt ähnlich. Obwohl sie sich nicht ähnlich sehen.

»Wird Zeit, sich herauszuputzen«, sagt Inge. »Wartet!« Sie rennt zum Wohnzimmerschrank, holt Sektgläser heraus. »Verena, schau doch, ob noch Sekt im Kühlschrank steht.«

»Bist du sicher?«

»Wieso soll immer ich die Vernünftige sein?« Inge strahlt jetzt regelrecht. Wie eine Glühbirne, die kurz vor dem Platzen ist.

Tom fragt sich, ob es eine gute Idee war, herzukommen. Aber Verena scheint froh zu sein. Sie nimmt ihn an der Hand und zieht ihn mit sich in die Küche. Rollo möchte auch mit. Aber Verena hält ihn mit einem strengen Blick in Schach. Er soll bei Inge bleiben. In der Küche hat Tom das Gefühl, Verena verwandelt sich. Sie scheint kleiner zu werden, dünner.

»Alles in Ordnung?«

Verena schüttelt den Kopf. Sie öffnet den Kühlschrank. Es liegen zwei Sektflaschen darin. Sie nimmt eine heraus, öffnet sie. Es ploppt leise. Eine Fahne Kohlensäure schlängelt sich aus dem Flaschenhals. Verena ist gut im Entkorken. Als sie wieder ins Wohnzimmer gehen will, hält Tom sie zurück, nimmt sie in den Arm. Sie ist steif, passt ihren Körper seinem nicht an. Also lässt er sie wieder los.

Verena hat immer gedacht, ihre Eltern halten zusammen. Bis dass der Tod sie scheidet. Oder sie sterben zusammen. Am selben Tag. Weil sie ohne einander nicht können. Verena dachte, sie setzen sich eines Tages aufs Sofa, Hand in Hand, mindestens hundert Jahre alt, vor sich die Bilder ihrer Kinder, Enkel, Urenkel. Sie schauen sich an, küssen sich und sterben in Frieden. Jetzt weiß sie nicht mehr, was sie denken soll. Sie geht ins Wohnzimmer. Tom folgt ihr wie ein Schatten. Rollo steht da, tut nichts. Inge wischt Fingerabdrücke von den Sektgläsern. Sie strahlt. Als habe sie im Lotto gewonnen. Verena hat Gänsehaut auf den Armen.

»Ah, da ist ja welcher!« Inge nimmt Verena die Flasche ab und schüttet ein. Schüttet über. Lacht. Hält ihr Glas hoch, schlürft Schaum. Sie wartet, bis jeder ein Glas genommen hat, dann sagt sie: »Auf meine Kinder. Das Beste, was mir im Leben passiert ist.« Sie schaut zu Tom. »Und auf dich, Tom.« Sie lacht. »Weißt du eigentlich, dass du immer mehr deinem Vater ähnelst? Ich sehe eigentlich nichts mehr von deiner Mutter in dir!« Inge trinkt. Auf ex. Und gießt bereits nach, als Verena noch nicht einmal das Glas an den Mund gesetzt hat.

»Und jetzt rein in die Fummel.« Inge eilt aus dem Zimmer, die Treppe hoch. Geräusche aus dem Schlafzimmer sind zu hören.

Verena, Tom und Rollo stehen da, mit ihren immer noch vollen Gläsern.

»Besoffen ist das sicher besser zu ertragen«, sagt Rollo.

»So richtig viel Lust, nüchtern zu sein, hab ich gerade auch nicht«, pflichtet Tom ihm bei.

Beide sehen Verena an, als habe sie zu entscheiden. Verena nimmt ihr Glas und trinkt es in einem Zug leer.

Inge kommt zurück. Sie trägt ein Kostüm, Blazer mit knielangem Rock. »Und? Gefalle ich euch?«

Verena hat das Gefühl, was immer sie jetzt sagt, es wird falsch sein. Sie sagt: »Du siehst gut aus, Mama.«

Falsch. Inge verzerrt das Gesicht zu einem Lachen. »Ich sehe aus wie meine eigene Mutter!« Sie geht zur Kommode, kramt in einer Schublade, findet eine Schere und schneidet in den Rocksaum. Schneidet dann waagerecht, legt die Schere weg, greift den Stoff und reißt ihn einmal um den ganzen Rock herum ab. Es sieht aus wie eine Zirkusvorführung. Als habe sie es schon Hunderte Male geübt. Ihre Knie und ein Teil ihres Oberschenkels sind jetzt unbedeckt. Fäden hängen aus dem Rockende. Inge wirft das Stück Stoff aufs Sofa. Sie zieht den Blazer aus, unter dem sie lediglich ein dünnes Top aus Seide trägt. Verena hat für einen Moment Angst, dass sie sich vollkommen entkleidet. Aber Inge sagt nur: »So ist es besser!«

Tom öffnet für Inge die zweite Sektflasche. Inge steht schon neben ihm und hält das Glas hin. Dieses Mal fliegt der Korken aus der Flasche, Sekt quillt aus dem Hals und läuft auf den Boden. Inge lacht, lässt sich einschenken, trinkt.

Sie sagt: »Jetzt mal rein in den Anzug.« Und zu Verena gewandt: »Putz dich raus, mein Schatz. Das ist dein Tag heute. Euer Tag.« Sie lacht. Sie lacht viel zu viel.

Tom nimmt den Wäschesack, die Schuhe. »Kommst du?«, fragt er Verena.

Sie kommt, geht hinter ihm die Treppe hoch. Er kann ihre Schritte kaum hören, als würde sie schweben. Als er sich umdreht, ist sie stehen geblieben, vier Treppenstufen unter ihm. Sie holt ihr Handy aus der Hosentasche, sucht nach einer Nummer.

»Wen rufst du an?«

»Papa.«

»Warum?«

»Weil er sich kümmern soll. Weil er das mit ihr gemacht hat.«

»Was denn?«

»Keine Ahnung!«

Tom atmet schwer aus. Der Tag sollte toll werden. Und jetzt ist er nur noch scheiße. Tom folgt Verena, die überholt hat, in ihr Zimmer.

»Mailbox.« Verena setzt sich auf das Bett. »Der geht nicht ran.«

»Vielleicht muss er noch was erledigen.«

»Und wenn er heute Abend nicht kommt?«

»Klar kommt er.«

Verena sieht nicht aus, als würde sie Tom zuhören. Sie ist mit sich beschäftigt, obwohl es nichts zu tun gibt.

»Ziehst du dich um?«

Sie hört ihn nicht.

Tom hängt den Wäschesack an den Schrank, schält den Anzug heraus. Er zieht die Jeans aus, das Shirt, schlüpft in die Klamotten. Betrachtet sich im Spiegel. Er sieht aus wie verkleidet. Als wäre er einer der Akteure in diesem merkwürdigen Stück, das hier gerade gespielt wird und dessen Ausgang nur der Regisseur kennt.

Verena sieht Tom an. Wie er dasteht in seinem weißen Anzug. Als wollte er nach Las Vegas. Wie er an der Krawatte nestelt. Er kann keinen Knoten binden. Hannes hat es ihm gezeigt, aber er kann es immer noch nicht. Verena fragt sich, ob jemand alleine leben kann, der keinen Krawattenknoten binden kann. Der nicht weiß, dass weiße und dunkle Wäsche getrennt in die Maschine kommen. Der beim Einkaufen die Milch vergisst, dafür mit Seifenblasen zurückkommt.

Aus dem Nebenzimmer sind Geräusche zu hören. Rollo

hat Inge unten alleine gelassen. Natürlich hat er das. Die Musik wechselt. Jetzt ist es Grönemeyer. *Gib mir mein Herz zurück.*

Tom sagt: »Komm, anziehen. Zeig, wie deine Kiste in dem neuen Fummel aussieht.«

Er kann so blöd sein. Sie weiß immer, wann er was Falsches sagen wird. Immer dann, wenn er lieber die Klappe halten sollte.

Sie steht auf, geht zum Schrank, holt das Kleid heraus. Sie hat sich darauf gefreut, es zu tragen. Jetzt sieht es aus wie ein Lappen mit Spitze. Wie ist sie bloß auf die Idee gekommen, etwas mit Spitze zu nehmen? Tom hat sie dazu überredet. Es sieht aus wie ein Nachthemd. Sie hat zu nichts mehr Lust.

»Wow«, sagt Tom.

»Gar nicht.«

»Es ist scharf.«

Was sollte er auch sonst sagen. Egal was sie in der Hand hält, er sagt ihr immer, dass es scharf ist. Dass sie die Tollste ist. Die Schönste. Die Klügste. Woher will er das eigentlich wissen? Er hat doch gar keinen Vergleich.

Tom fühlt sich, als kreise etwas über ihm. Etwas, das jeden Moment herunterschießen kann.

Verena zieht sich aus, steht da in Unterwäsche. Er würde gerne zu ihr gehen, sie anfassen. Aber er bleibt stehen und betrachtet sie aus der Ferne. Als stünde er hinter einer Scheibe. Es kommt ihm vor, als stünde er schon seit Monaten hinter dieser Glaswand.

Verena streift das Kleid über. Es fällt um ihren Körper. Es ist nicht wie für diesen Körper gemacht. Und auch der Körper nicht für das Kleid. Nicht heute. Tom sagt trotzdem: »Scharf. Hölle. Echt.« Er weiß, wie blöd sich das anhört. Er ahnt, dass sie die Lüge hört. Aber so kommt es nun mal aus ihm heraus. Sie wird schon wissen, wie er es meint. Was er wirklich meint. Sie weiß doch immer, was er denkt. Es hat sich doch nichts geändert.

Die Tür wird aufgerissen. Es ist Rollo. Tom ist froh, ihn zu sehen. Als wenn Rollo verscheuchen könnte, was über Tom kreist.

»Im Ernst jetzt?«, fragt Tom und meint Rollos Outfit. War ja klar, dass er anti sein muss. Weißes Hemd und Fliege, dazu Cargohose, die ausgelatschtesten Sneakers, Basecap mit Totenkopf.

Rollo dreht sich wie ein Model. »Wieso? Macht das fett?«

Tom lacht. Es gibt immer noch was zu lachen.

»Geht doch schon mal«, sagt Verena. »Bestellt ein Taxi. Mama kann ja wohl kaum fahren.«

»Zu Befehl«, sagt Rollo und marschiert im Stechschritt ab.

Tom zögert. Verena hat ihm den Rücken zugewandt. Der Ausschnitt zeigt ihre Schulterblätter. Sie stehen hervor wie die abgebrochenen Flügel eines Engels.

Verena öffnet das Schmuckkästchen. Toms Ring liegt darin. Sie hat ihn hineingelegt, damit sie ihn nicht verliert. Tom hat nicht bemerkt, dass sie ihn nicht mehr trägt. Er hat ihn noch nicht enger machen lassen. Sie hat ihn noch nicht daran erinnert. Einmal ist er beinahe im Abfluss des Waschbeckens verschwunden. Einmal mit dem Pullover von ihrem Finger gezogen worden. Einmal im Männerklo vor Jesses Füße gerollt. Verena fährt mit dem Finger durch den Schmuck: Ketten, Armbänder. Am Boden des Kästchens stößt sie auf eine Visitenkarte.

»Kommst du?« Inges Stimme von unten.

Verena nimmt den Ring und klappt das Kästchen zu.

Inge hat sich umgezogen. Sie trägt das Kleid, das sie Weihnachten getragen hat. Verena ist erleichtert.

»Du siehst gut aus, Mama«, sagt sie.

»Ich fühle mich auch gut«, sagt Inge.

Vielleicht müssen Eltern ihre Kinder anlügen. Vielleicht können sie ihnen nicht offen sagen, was sie fühlen. Auch wenn die Kinder keine Kinder mehr sind. Verena sagt Inge ebenfalls nicht, was sie fühlt. Schon eine ganze Weile nicht mehr. Inge nicht und auch sonst niemandem mehr.

7

Tom sieht Verena und Inge nach, die vor ihm über den Schulhof gehen. Sie sind gleich groß. Die Form der Schultern, der Gang – von hinten könnten sie Schwestern sein. Wenn Verena später einmal aussieht wie Inge, wäre das okay. Nur so unglücklich soll sie nie sein. So unglücklich wie Inge heute. Dafür wird Tom sorgen.

Vor dem Eingang stehen die Raucher. Und die, die den Rauchern Gesellschaft leisten. Sie sind alle kaum wiederzuerkennen in ihren Anzügen und Kleidern. Anna und Felix knutschen. Sie knutschen dauernd.

Rollo, der neben Tom gegangen ist, beschleunigt jetzt seine Schritte, überholt Inge und Verena, läuft auf etwas zu. Auf den Dunst, der von den vielen Zigaretten aufsteigt. Mitten hinein. Da steht Isabelle. Tom wusste nicht, dass Rollo sie mitbringt. Er spürt, wie etwas ihn voran-, etwas anderes ihn zurückschiebt. Er muss hinsehen und fragt sich, wo Isabelle diese Klamotten kauft. In den Läden, in die Tom mit Verena geht, sicher nicht. Nicht in dem Laden, in dem Tom damals das Kleid für Verena gekauft hat. Isabelles Kleid lässt keine Fantasien offen. Es zeigt, was denjenigen erwartet, den sie ranlässt.

Isabelle kramt in der Tasche, holt einen Lippenstift heraus, lässt den Deckel fallen. Er rollt zwischen den vielen Beinen davon. Sie bückt sich. Tom bückt sich ebenfalls. Für einen Moment ist er auf Augenhöhe mit Isabelles Slip. Er ist schwarz.

Verena schmeckt der Sekt nicht. Die Band spielt schlecht. Felix verausgabt sich am Schlagzeug. Anna starrt ihn an wie ein Groupie. Verena sieht sich um. Inge und Hannes stehen am anderen Ende des Raumes und unterhalten sich. Sie gestikulieren zu viel.

Rollo steht plötzlich neben Verena. »Papa ist da.«

»Wo?«

»Er steht da vorne.« Rollo deutet zum Eingang der Aula. Bernd trägt den guten Anzug. Er sieht aus wie immer. Er versucht, in der Menge jemanden zu finden. Verena geht auf ihn zu.

»Da bist du ja endlich.«

»Entschuldige die Verspätung.«

»Kannst du nicht Bescheid sagen?«

»Entschuldige.«

Hinter Bernd erscheint Sigrid in der Eingangstür.

»Seid ihr zusammen gekommen?«

»Wer?«

»Du und Sigrid.«

»Nein, wieso?«

»Kann mir mal irgendwer sagen, was los ist?«

Bernd legt Verena die Hand auf die Schulter. Es soll beruhigend wirken, väterlich, aber es ist nur schwer und heiß. »Etwas, das nur mich und deine Mutter etwas angeht.« Er geht an Verena vorbei.

Verena schaut ihm nach. Er stellt sich neben Sigrid. Und wie sie so dastehen, nebeneinander, da sieht Verena es. Sie hat es die ganze Zeit gesehen. Als Bernd an Verenas Geburtstag mit Sigrid getanzt hat. Als Verena Bernd gesagt hat, dass er Sigrid schön grüßen soll. Aber erst jetzt erkennt sie es. Verena sagt zu Rollo: »Papa liebt Sigrid.«

Und Rollo sagt: »Ich weiß.«

Sie sehen sich an. Eine Schwester und ein Bruder. Zwillinge, die wissen, was der andere denkt.

»Hauen wir ab von hier?«, fragt Verena.

Und Rollo sagt: »Auf jeden Fall.«

Tom weiß nicht mehr, wer wen anschreit. Sie schreien alle. Zwischen Büfett und den Aufstellern mit den Fotos der Abiturienten. Jeder kann zuhören.

Tom sucht Verena. Zuerst in der Aula. Dann draußen. Dann wieder drinnen. Verena ist nicht zu finden. Und auch Rollo nicht. Aber da ist Isabelle. Mitten auf der Tanzfläche. Sie windet sich zur Musik. Um sich herum eine Schar Jungs. Jeder von ihnen würde alles stehen und liegen lassen, um mit ihr in die Kiste zu steigen. Tom wühlt sich zu ihr durch.

»Hast du Verena gesehen?«

»Die ist weg.«

»Weg?«

»Mit Rollo.«

»Wohin weg?«

»Keine Ahnung.«

Tom sieht Isabelle an, als könnte er ihre Sprache nicht verstehen. »Sie hätte mir Bescheid gesagt.«

Isabelle zuckt mit den Schultern. »Hätte.« Sie nimmt Tom an der Hand, zieht ihn einfach mit sich nach draußen.

Es ist nicht schlecht, einfach irgendwo mit hingezogen zu werden. An den Leuten unter dem Vordach vorbei ins Dunkel des Schulhofes. Zu den Bänken unter der Linde. Tom bleibt stehen, wo Isabelle stehen bleibt, setzt sich auf die Bank, auf die sie sich setzt, sieht ihr zu, wie sie eine Zigarette anzündet, inhaliert. Isabelle hält Tom die Zigarette hin. Er schüttelt den Kopf. Leute in seiner Situation rauchen in Filmen immer. Wenn die Freundin ohne Bescheid zu sagen verschwindet. Wenn die Mutter was mit dem Nachbarn hat. Wenn der Tag eigentlich genial hätte werden sollen, dann aber ein Haufen Dreck daraus geworden ist. »Ich huste eh nur«, sagt Tom.

»Dann musst du erst mal Vorgekautes bekommen.«

»Vorgekautes?«

Sie nimmt einen Zug, hält den Rauch lange in den Lungen, kommt ganz nah. Sie schiebt ihm mit zwei Fingern den Mund auf. Kommt noch näher. Ihre Lippen legen sich um seine. Sie pustet den Rauch in seinen Mund.

Verena fasst es nicht. »Du hast einen Flachmann?«

»Nur zu besonderen Anlässen.«

Verena nimmt einen Schluck. Es ist irgendein Sauzeug, das ihr die Kehle wegbrennt. Sie schüttelt sich. Flachmänner haben nur abgehalfterte Polizeikommissare in dunklen Krimis. Und ihr Bruder.

»Wir sollten nicht dauernd saufen«, sagt Verena.

»Stimmt«, sagt Rollo.

Mit Rollo am Flussufer zu sitzen, auf einer Mauer, fünf

Meter über der Wasseroberfläche, ist gut. Es erinnert Verena daran, dass sie ein eigenes Leben hat.

Der Mond spiegelt sich, bricht mit jeder Bewegung des Flusses. Plastikflaschen treiben vorbei. Ab und zu fährt ein Schiff in der Mitte des Flusses, Lichter leuchten in Kajüten.

»Wie es wohl ist, ohne festen Wohnsitz zu leben, immer unterwegs?«, überlegt Verena. »Wie gehen die eigentlich zur Schule?«

»Die Kinder müssen bestimmt an Land wohnen. Bei irgendwelchen Leuten.«

»Scheiße.«

Rollo trinkt, gibt Verena den Flachmann.

Verena sagt: »Tom wird stinksauer sein.«

Rollo macht ein Geräusch.

»Ich hätte wenigstens Bescheid sagen müssen.«

»Dann wäre er aber mitgekommen. Wolltest du doch nicht.«

»Wieso nicht?«

»Weiß ich doch nicht.«

Verena weiß es auch nicht. Aber es stimmt. So ist es ihr lieber. Nur mit Rollo und dem Flachmann. Das hier geht nur Rollo und sie was an.

»Vielleicht bleibt einer im Haus«, sagt Rollo. »Mama. Wenn Papa der ist, der Scheiße gebaut hat.«

»Gehören immer zwei zu.«

»Ist das so?«

»Sagt man.«

»Weil Mama ihn nie ranlässt.«

»Weißt du doch nicht.« Verena weiß es auch.

Am Wasser zu sitzen ist etwas ganz Spezielles. Egal ob es das Meer, ein See oder der dreckige Fluss ist. Es riecht anders. Es ist kühler.

Verena sagt: »Weißt du, wovor ich Angst habe?«

»Wovor?«

»Davor, dass ich einen Fehler mache.«

»Du machst nie Fehler.«

»Ich habe immer diesen Traum. Da ist dieser Wald. Alles ist nass. Und dann ist da dieser Typ. Nicht Tom, ein anderer.«

»Tom ist cool«, sagt Rollo.

»Ich weiß.«

»Einen Besseren wirst du nicht finden.«

»Ich weiß.«

Rollo steht auf, schwankt, unter sich den Abgrund. Er sagt: »Suchen ist auch nicht so toll.«

Verena steht auch auf. Ihr wird ein bisschen schwindelig, als sie nach unten schaut. Sie greift nach Rollos Hand.

Wieder zieht ein Schiff vorbei. An Bord ist was los. Auf den geladenen Containern sind Leute versammelt. Musik läuft. Lampions spiegeln sich im Wasser.

»Die feiern auch was«, sagt Rollo.

»Wir nicht.«

»Doch, wir auch.«

»Und was?«

»Dass du Abi hast. Und dass wir hier zusammen stehen. Schon krank, was erst passieren muss, damit wir hier mal so zusammen stehen.«

Tom pustet Rauch aus. Der erst durch sie, dann durch ihn hindurchgegangen ist. Diesmal hustet er nicht.

»Siehst du, jetzt geht es«, sagt Isabelle. Sie gibt ihm die Zigarette in die Hand. Sie ist fast bis zum Filter runtergebrannt.

Er nimmt sie zwischen die Lippen. Sie ist feucht von ihrer Spucke. Er zieht. Der Rauch quillt in die Mundhöhle, den Rachen. Er atmet ihn ein. Gegen den Widerstand. Er atmet aus.

»So schnell gewöhnt man sich an etwas Neues«, sagt sie.

Tom wirft die Kippe auf den Boden, tritt sie aus. Ihm ist schwindelig. Der Körper scheint zu schweben, einen Millimeter über dem Boden. Es fühlt sich seltsam an, aber nicht schlecht.

»Ganz schön was los bei euch«, sagt Isabelle.

»Kann man so sagen.«

Isabelle zündet eine neue Zigarette an. Sie raucht zu viel. Irgendwann wird sie davon graue Haut bekommen, eine Stimme wie Reibeisen. Wie die Frau aus dem Kiosk um die Ecke. Wenn Tom da rauskommt, stinkt er, als habe er selbst eine Packung weggeraucht. Aber Isabelle ist keine, die an morgen denkt.

Verena sagt: »Ich bleib noch.«

Rollo ist schon von der Mauer gesprungen, steht unter ihr auf dem Gehweg. »Ist ein guter Platz, die Mauer, oder?«, fragt er.

»Dass du so einen kennst.«

»Hättest du mir nicht zugetraut.«

Verena möchte nicht, dass Rollo geht. Aber er muss. Irgendwas treibt ihn zurück. Zu *ihr*. »Gehst du wieder zum Abiball?«

»Ich guck, ob Isabelle noch da ist.«

»Ruf sie doch an.«

»Kann ich nicht.«

»Wieso nicht?«

»Sie gibt mir ihre Nummer nicht.« Rollo sieht zu Boden. Will nicht sehen, wie das Gesagte bei Verena ankommt.

Verena spricht nicht aus, was sie denkt. Dass er sie vergessen soll. Dass sie nicht die Richtige für ihn ist. Es bringt nichts, diese Dinge auszusprechen. Jeder muss selbst an den Punkt kommen, an dem er durchblickt. Sie sagt nur: »Du magst sie richtig doll, oder?«

»Und du magst sie nicht.«

»Ich gebe mir aber Mühe.«

Rollo grinst. »Und wenn ich Tom treffe?«

»Dann sag ihm, ich muss mal alleine sein.«

Rollo geht. Verena schaut ihm nach, bis die Dunkelheit ihn verschluckt hat. Sie wendet sich dem Fluss zu. Schiffe fahren keine mehr. Vielleicht ist es zu spät. Alleine auf der Mauer zu sitzen ist Mist.

Nach wenigen Minuten springt Verena hinunter und geht los. Wohin, weiß sie nicht. Nicht nach Hause. Nicht zurück zur Schule. Also einfach geradeaus. Sie hat das noch nie gemacht, nachts alleine durch die Straßen zu gehen. Immer war Tom dabei. Sie ist nie auf die Idee gekommen, ohne ihn zu gehen.

In einer Unterführung sind die Backsteinwände mit Plakaten zugepflastert. Da hängt er, der dunkle, feuchte Wald. Verena liest den Text unter dem Bild. Das Datum ist von heute. Verena kennt den Club. Vielleicht ist das Konzert noch nicht zu Ende. Verena muss lachen. Ganz allein in der

Unterführung, die ihr Lachen gegen die Wände und zu ihr zurückwirft. Wieso eigentlich nicht? Sie kann schließlich machen, was sie will.

Tom versucht es noch einmal. Und wieder ist nur die Mailbox dran. Er legt auf. Da, wo Sorge war, ist jetzt nur noch Wut. Tom ist richtig angepisst. Es ist nicht nur Verenas Problem. Es ist ihr gemeinsames. Und sie haut ab. Lässt ihn stehen. Ohne ein Wort. Er ist es so satt, sich zu fragen, was in ihr vorgeht. Vielleicht ist es ihm sogar egal.

Er sieht zur Tanzfläche. Isabelle tanzt. Wie das Epizentrum eines Erdbebens. Tom hat noch nie jemanden so tanzen sehen. Isabelle zieht alle Blicke auf sich. Wer nicht schon an den Rand der Tanzfläche gegangen ist, um sie zu beobachten, zeigt nur noch verhaltene Bewegungen, die nicht zum Beat passen wollen. Gegen sie sind alle anderen Gespenster. Gegen sie kommt niemand an.

Tom sucht nach Felix und Anna, entdeckt sie schließlich auf der Bühne, knutschend. Die ganze Bühne ist eine Knutschplattform. Es knutschen Leute mit Leuten, die sich die ganze Oberstufe lang mit dem Arsch nicht angeguckt haben. Heute ist ihnen alles egal.

Isabelle kommt auf Tom zu. Sie lacht, glänzt vor Schweiß, fragt: »Bist du schon müde?«

Er schüttelt den Kopf.

»Dann gehen wir noch woandershin. Hier ist doch tote Hose.« Sie nimmt ihn an der Hand, zieht ihn mit sich.

Draußen steckt sie sich eine Zigarette an, nimmt einen tiefen Zug, bläst Rauch in kleinen Wolken in sein Gesicht, kommt immer näher, bis sie so nah ist, dass ihre Nasenspitze seine berührt. Tom öffnet die Lippen. Der Rauch füllt seinen Mund. Ihre Lippen legen sich um seine. Er fühlt ihre Hände an seinem Hintern. Sie will ihn. Und er will sie auch. Ganz ohne es zu wollen.

Er schiebt sie weg. »Du bist mit Rollo zusammen.«

»Und du mit Verena.« Sie sieht nicht aus wie jemand, der weggeschoben wurde. Sie kommt wieder näher.

»Ich mach so was nicht«, sagt er.

»Ich schon«, sagt sie.

Verena wird vom Türsteher gemustert. Er sagt: »Ist gleich zu Ende.«

»Kann ich trotzdem rein?«

Er winkt sie durch. Sie muss nicht mal mehr Eintritt zahlen.

Die Musik, die ihr entgegenschlägt, passt zu dem Plakat. Irgendwie düster, irgendwie gut. Von der Band kann sie nicht viel sehen. Eine Menge Leute stehen im Weg. Den Kopf des Schlagzeugers erblickt sie. Die langen Haare hängen ihm verschwitzt ins Gesicht.

Verena bahnt sich den Weg durch Leute, die die Körper wiegen, als seien sie in Trance. Sie sieht den Bassisten. Ein hagerer Typ mit Glatze und Sonnenbrille. Ein anderer steht weiter hinten am Keyboard, als gehöre er nicht wirklich dazu. Auf der anderen Seite drischt ein Mädel auf eine E-Gitarre ein. Ihre Haare sind so wild toupiert wie die von Amy Winehouse. Ein Riese von Kerl versperrt die Sicht auf den Sänger. Verena fragt sich, was für eine schräge Gestalt sich hinter der ungewöhnlichen Stimme verbirgt. Sie kann sich kein Bild dazu machen. Spürt nur, wie die Stimme sie anzieht.

Sie tippt dem Hünen auf die Schulter, muss sich strecken, um dranzukommen. Er lässt sie vor. Jetzt sieht sie die ganze Bühne und hat das Gefühl, als würde sich ein Kreis schließen. Der Typ mit der geilen Stimme ist Jesse.

Tom lauscht. Im Haus ist nichts zu hören. Es brennt kein Licht. Alles sieht aus wie immer. Aber das ist es nicht mehr.

Er schaltet das Flurlicht an, sieht sich im Garderobenspiegel. Ein beschissener Typ in einem noch beschisseneren Anzug. An einem vollkommen beschissenen Abend.

Er zückt das Handy. Wieder wählt er Verenas Nummer. Wieder geht nur die Mailbox dran. Trotzdem spricht er noch einmal drauf. »Wo bist du, verdammt noch mal! Meld dich. Ich mache mir Sorgen. Ich …« Er legt auf, geht die Treppe hoch, lauscht. Er weiß nicht, ob jemand zu Hause ist. Wer zu Hause ist. Wer hier noch zu Hause ist. Aber das ist ihm gerade auch egal. Gerade denkt er nur an diesen verschissenen Kuss. Er muss immer wieder daran denken. Und obwohl er sich hasst, sich schämt, sich ärgert, wenn er daran denkt, steht sein Schwanz. Das macht es noch schlimmer.

Tom geht in sein Zimmer, starrt auf das Foto an der Wand über dem Bett. Verena lacht, wie Verena lacht. Das Handy zirpt. Eine Nachricht. Tom ist erleichtert. Und gleichzeitig bekommt er Schiss. Er will wissen, wo Verena steckt. Er will Verena nicht anlügen. Er sieht auf das Display. Anonymer Absender.

Könnte mehr vertragen. Viel mehr. I.

Verena sieht Jesse an. Die meiste Zeit sind seine Augen beim Singen geschlossen. Als sänge er nur für sich. In sich hinein. Als liefe hinter seinen geschlossenen Lidern ein Video. Der letzte Ton des Songs zieht sich bis ins Unendliche. Verändert sich. Stirbt am Ende, weil die Luft ausgeht. Jesse sieht aus, als habe er das Letzte gegeben. Als sei er nun leer. Er öffnet die Augen. Sein Blick trifft Verena. Als gäbe es im ganzen Club nichts anderes zu treffen als ihren Blick. Auf Verenas Armen wächst ein Gebirge aus erregten Poren.

Das Publikum tobt. Zugaberufe werden laut, schwellen an zu einem einheitlichen Chor, einer Stimme.

Jesse sieht Verena an. Heute ist da keine Augenhöhe. Heute steht Jesse weit über Verena. Jesse sagt ins Mikro: »Danke. Ich danke euch, dass ihr den Weg hierher gefunden habt. Dieser Song ist nur für euch.«

Verena glaubt, er hat das nur zu ihr gesagt.

Im Song geht es um irgendwas mit Schicksal und Begehren. Mehr versteht Verena nicht. Den ganzen Song über sieht Jesse sie an. Schaut sie zu Boden, ist sein Blick noch da, wenn sie aufschaut.

Der Song endet. Die Band nimmt den Applaus entgegen. Sie springen von der Bühne. Jesse vor Verenas Füße. Auf Augenhöhe. Sie könnte die Hand ausstrecken und ihn berühren. Sie möchte.

»Hast du mich gegoogelt?«

»Reiner Zufall.«

»Der dritte schon.«

»Ich mochte das Plakat. Es hat mich an etwas erinnert.«

Was er daraufhin sagt, kann sie nicht mehr verstehen. Eine ganze Gruppe Leute umringt ihn. Frauen fallen ihm um den Hals. Männer fahren mit den Händen durch seine Haare. Wie der Torschütze eines Fußballspiels wird Jesse unter Menschen begraben. Wenn er wieder auftaucht, wird Verena weg sein. Sie sollte hier nicht sein. Sie sollte bei Tom sein. Und wenn sie hier ist, sollte Tom wissen, dass sie hier ist. Sie haben keine Geheimnisse voreinander. Aber ihr fallen keine Worte ein, mit denen sie ihm sagen könnte, dass sie hier sein will.

Tom schreckt hoch. Draußen ist es schon hell. Das Handy klingelt.

Ich bin's, deine Lieblingsfrau.

Toms Hand sucht auf dem Nachttisch. Tastet. Findet nicht.

Ich bin's, deine Lieblingsfrau.

Er beugt den Kopf über den Bettrand, sieht auf dem Boden nach. Das Hemd. Die Hose.

Ich bin's, deine Lieblingsfrau.

Da liegt das Handy. Tom streckt sich, erreicht es, nimmt das Gespräch entgegen.

»Hallo.« Sie hört sich weit weg an.

»Wo bist du?«

»Nebenan.«

Er setzt sich auf. »Wo warst du?«

»Ich war mit Rollo weg. Wir haben am Fluss gesessen und geredet.«

»Geredet? Mit Rollo?«

»War gar nicht so übel.«

Er schweigt. Wartet, dass sie noch etwas sagt. Irgendwas, das Zeit schindet, das die Situation in eine andere Richtung lenkt. Das ihn davor bewahrt, ihr die Wahrheit sagen zu müssen.

»Ich muss mit dir reden«, sagt sie.

»Ich muss auch mit dir reden«, sagt er.

»Dann komm ich rüber.«

»Gib mir zehn Minuten. Ich dusche erst.«

»Okay.«

Er hat noch nie geduscht, bevor sie kam. Jetzt geht er ins Bad, dreht das Wasser voll auf, seift sich ein, als könnte er irgendetwas abwaschen. Er wird zuerst reden. Es wäre bescheuert, sie zuerst reden zu lassen. Über ihre Eltern. Über das, was sie mit Rollo besprochen hat. Darüber, ob es okay war, ihn einfach zurückzulassen. Es war so was von okay, verglichen mit dem, was er gemacht hat. Er wird zuerst reden. Ihr sagen, dass er auch nicht weiß, wieso das passiert ist. Dass es die ganze Situation gewesen sein muss. Dass sie auch irgendwie mit daran schuld ist, weil sie seit Wochen so komisch ist. Weil sie einfach abgehauen ist. Nein, das nicht. Das wird er nicht sagen. Er hat Scheiße gebaut. Verena kann nichts dafür.

Er dreht den Wasserhahn zu, bindet sich das Handtuch um, geht in sein Zimmer. Sie ist schon da, sitzt auf dem Bett und spielt mit dem Ring, den er ihr geschenkt hat. Er hat ihn immer noch nicht zum Juwelier gebracht, um ihn enger machen zu lassen. Sie steht nicht auf, um ihn zu umarmen. Er geht nicht zu ihr hin.

»Ich ...«, sagt Tom.

»Nein, ich zuerst«, sagt Verena.

»Aber –«

Sie platzt dazwischen. »Ich möchte eine Auszeit.«

»Was?« Er hat das Wort schon verstanden, aber die Bedeutung nicht.

»Eine Auszeit.«

Eine Auszeit. Eine Zeit außerhalb von etwas. »Wovon?«

Sie stößt Luft aus. Es fällt ihr schwer zu sprechen. Sie sagt: »Von der Treue.«

Eine Auszeit von der Treue. Von der Treue ihm gegenüber. Zwischen ihnen. Toms Kopf arbeitet langsam.

Verena steht auf, geht einen Schritt auf ihn zu, scheint noch einen gehen zu wollen, stoppt aber. Ihre Arme hängen am Körper herunter. Wie bei einer Marionette. Wenn niemand die Strippen zieht, dann bewegen sie sich auch nicht.

Davon hat sie also geredet, als sie ihn gefragt hat, ob er es okay fände, wenn sie die Einzige bliebe.

Sie schaut zu Boden. Er sieht ihren Scheitel. Eine feine Linie, die sich um einen Wirbel herum auf ihrem Kopf schlängelt. Sie wartet, dass er etwas sagt. Natürlich wartet sie. Er sagt aber nichts. Ist aus dem Konzept. Kann das, was er sich die ganze Zeit unter diesem Gespräch vorgestellt hat, nicht mit dem übereinbringen, was gerade geschehen ist. Eine Auszeit von der Treue. Für sie. Und für ihn.

Ihr Stimme wackelt, als sie sagt: »Du bist der Mann, mit dem ich alt werden will. Ich will das alles: Zusammenziehen. Heiraten. Kinder. Alles mit dir. Ich frage mich nur, ob wir eines Tages bereuen, dass wir nie andere Erfahrungen sammeln konnten. Und dann hassen wir uns vielleicht irgendwann, weil wir was verpasst haben.«

Er sagt immer noch nichts. In ihm ist alles durcheinander. Er spürt, dass der Stich, der ihm versetzt worden ist, wie Feuer brennt. Und doch ist er damit beschäftigt, ein Bild zu unterdrücken, das sich in ihm aufbäumt. Eine gigantische Leinwand, auf die er Verenas Worte projiziert. Im Zentrum des Bildes Isabelles feuchte, leicht geöffnete Lippen. Er hasst, was Verena sagt, und trotzdem weiß er, dass sie sagt, was er sich nicht zu sagen traut.

Verena sieht Tom an. Er sieht durch sie hindurch. Er sagt: »Vielleicht hast du recht.«

Mit allem hat Verena gerechnet, aber nicht damit. Sie hat Wut einkalkuliert, Verletzung, sogar Tränen, nur keine Zustimmung. Sie könnte sich freuen. Erleichtert sein, dass es so einfach ist. Dass alle Dramen ausbleiben. Nicht mal schlecht müsste sie sich fühlen. Aber sie fühlt sich schlecht. Verletzt. Verängstigt. Ungeliebt.

Er sieht zur Seite. Vielleicht auf die Pinnwand mit ihren Fotos. Vielleicht ins Nichts. Er sagt: »Deine Frage letztens auf dem Spielplatz, die hat mich zum Nachdenken gebracht.« Er nickt, steht da und nickt. In seinem Zimmer. Das auch ihr Zimmer ist. In dem sie jede zweite Nacht unter die Decke gekrochen ist. Die ebenso nach ihr wie nach ihm riecht.

Sie fragt: »Hast du mich dasselbe fragen wollen, Tom? Als du gesagt hast, du musst mit mir reden, hast du mich da nach einer Auszeit fragen wollen?«

Er sieht sie an, nickt. »Verrückt, oder? Das kann auch nur bei zweien passieren, die so stark verbunden sind wie wir. Ich meine, dass sie beide zur selben Zeit ...«

Verena sieht zu Boden. Wo nichts ist außer der Maserung der Holzdielen. Sie spürt den Schmerz, von dem sie dachte, dass sie ihn Tom zufügen müsste. Sie fragt: »Gibt es jemand Bestimmtes?«

»Wie kommst du darauf?«

»Nur so.«

»Und bei dir?«

Sie schüttelt den Kopf.

Tom hat das Gefühl, die Zeit ist schneller als er. Er sagt Dinge, die er nicht hatte sagen wollen. Er tut, als sei einfach, was schwer wiegt. Er verhält sich sicher, obwohl er nicht mal weiß, wie er den nächsten Moment überstehen soll. Alles ergibt sich in Windeseile wie von selbst. Vereinbarungen werden getroffen. Schwüre aufgelöst. Lügen aufgetischt. Ob auch Verena lügt, weiß Tom nicht. Ob es ihr so leichtfällt, wie sie tut.

Verena fragt: »Und wie läuft es dann konkret ab?«

»Wir nehmen die Zeit bis Semesterbeginn. In der Zeit kann jeder machen, was er will. Aber wir bleiben zusammen. Also, keine Trennung.« Tom fragt sich, ob er bereits darüber nachgedacht hat, ohne sich dessen bewusst zu sein. Er hat ein klares Bild vor Augen. Er sieht zu Boden. In seinem Kopf geht alles durcheinander: Verena. Isabelle. Rollo. Mit dem es keine Vereinbarung gibt. Und wie das alles geschehen kann, wo doch Verena vor ihm steht, am Ring spielt.

Sie sagt: »Also machen wir ganz normal weiter, aber haben auch unsere Freiheiten. Eine offene Beziehung auf Zeit.«

»Und nach den drei Monaten ist alles vorbei.«

»Und verlieben darf sich keiner.«

»Nur ausprobieren.«

»Mit Schutz.«

Jetzt ist das Bild so deutlich wie die Realität. Es macht ihn fertig. Verena mit einem anderen Mann. Mit Schutz. Aber was schützt ihn?

Er sieht sie an, würde gerne wissen, was sie denkt. Ob sie sich auch fragt, wo sie sich da reinmanövrieren. Ob das gut gehen kann. Ob sie nicht lieber zurückspulen sollen. Nur fünf Minuten. Und weitermachen wie immer. Ob sie auch nicht aufhören kann, an den nächsten Schritt zu denken, den sie gehen werden, wenn sie es tatsächlich durchziehen.

Verena überlegt, wie sie sich begegnen sollen, wo sie schon jetzt voreinander stehen wie zwei Spielfiguren, die darauf warten, dass die Würfel fallen. Sie sagt: »Es steht anschließend nichts zwischen uns.«

Tom sagt: »Es ist ja im beiderseitigen Einverständnis.«

Wie sachlich sich das anhört. Als gäbe es für das, was sie hier tun, eine gesetzliche Grundlage. Eine Liste, deren Stichworte sie nur abarbeiten müssen, damit es reibungslos vonstattengeht. »Den anderen sagen wir nichts?«

»Es ist nur eine Sache zwischen uns beiden. Geht keinen was an.«

»Also bleibt alles wie immer, nur dass wir ...« Verena kann es nicht aussprechen. Und auch Tom lässt es im Raum stehen. Es steht da und macht sich breit.

»Das kann uns nichts anhaben, oder?«, fragt Tom.

»Uns doch nicht«, sagt Verena.

»Wir machen das für uns, damit wir später nicht ...«

»Ja.«

Sie stehen links und rechts von dieser Sache, müssten um sie herumgehen, über sie steigen, sie zur Seite schieben, um sich nahe zu kommen.

»Vielleicht übernachte ich drüben«, sagt Verena. »Dann kann jeder mal darüber schlafen. In Ruhe.«

»Okay. Sehen wir uns dann morgen?«

»Wir fahren mit unseren Eltern nach Marburg, um die Wohnung zu besichtigen. Schon vergessen?«

»Ach ja, stimmt. Das ist ja morgen.«

Sie will gehen, geht aber nicht. Tritt stattdessen einen Schritt auf ihn zu. Geht einfach durch das hindurch, was sie gerade besprochen haben. Wenn sie es will, ist es unsichtbar. Sie breitet die Arme aus, nur ein bisschen, wartet, dass er es auch tut. Tom zieht sie an sich. Verena spürt, wie etwas von ihr abfällt.

Tom sagt: »So was können nur Paare, die sich richtig doll lieben, weißt du. Ich meine, ein Paar, das sich nicht richtig doll liebt, das würde sich so eine Freiheit nie geben.«

Daran muss er einfach glauben.

8

Tom weiß nicht, ob seine Stimme sich wie immer anhört. Ob Rollo sie anders findet. Auf die Idee kommen könnte, zu fragen. Tom sagt, fast wie er es immer sagt: »Was machst du, Alter?«

»Nicht viel.«

»Bist du zu Hause?«

»Bist du irre? Die spinnen doch alle.«

»Ich hab auch keinen Bock mehr, hier rumzuhängen.«

»Ich bin im Bunker. Felix ist auch da.«

»Und Isabelle?« Noch einmal fragt Tom sich, ob Rollo stutzig werden wird. Er ist sich sicher, dass er selbst jeden Unterton heraushören würde, wenn es um Verena ginge.

Rollo wird es nicht. »Kommt vielleicht später.«

»Ich komme auch.«

»Mach das, Alter. Bringst du Verena mit?«

»Die ist müde von gestern.«

»Alles okay bei euch?«

»Was soll nicht okay sein?«

»Nichts.«

»Genau.«

»Dann bis gleich.« Rollo drückt das Gespräch weg.

Tom steht noch eine Weile da, mit dem Handy in der Hand,

lauscht dem Gedankenkarussell in seinem Kopf, haut die Bremse rein und beschließt, das Denken vorerst sein zu lassen. Es führt zu nichts. Immer nur im Kreis herum. Der Schwindel hat keine Anziehungskraft mehr auf ihn.

Verena ist bald an der Reihe. Nur noch wenige Leute stehen vor ihr in der Schlange. An der Wand, an der Verena lehnt, klebt das Plakat. Jesses Plakat. Jemand hat mit Eyeliner etwas über den Wald gekritzelt: *Her mit dem wilden Leben*.

Sie schaut auf das Display ihres Handys. Keine Nachricht von Jesse. Sie hat ihm vor über einer Stunde geschrieben, dass sie in den Club gehen wird. Er hat nicht geantwortet. Verena ist trotzdem gefahren.

Die Leute vor Verena diskutieren mit dem Türsteher, der irgendwelche Lügen auftischt von wegen geschlossener Gesellschaft. Wahrscheinlich passen ihm einfach die Nasen nicht. Der Typ direkt vor Verena kommt ohne Probleme rein. Dann ist sie dran und Rollo ist nicht da, um sie über die Schwelle zu bringen. Der Türsteher betrachtet sie von oben bis unten. Ihm scheint nicht zu gefallen, was er sieht.

»Ich bin die Schwester von Rollo.«

»Und ich bin der Bruder vom Weihnachtsmann.«

»Echt? Cool.«

»Was ist denn jetzt?«, kommt es von hinten.

»Geschlossene Gesellschaft. Mach den Weg frei«, sagt der Türsteher.

Und plötzlich eine Stimme von der Seite: »Sie gehört zu

mir.« Jesse schlüpft unter der Absperrung durch, steht neben Verena und legt den Arm um ihre Schultern.

Der Türsteher winkt beide durch.

Tom entdeckt Rollo und Felix am Tresen.

»He, Alter.« Rollo zieht für Tom einen Hocker näher, winkt dem Barkeeper.

Tom setzt sich. Felix boxt ihm gegen den Arm. »Ich hab eben schon zu Rollo gesagt: Geschiedene Eltern sind gar nicht so übel. Meine Alten sind schon seit fünf Jahren geschieden. Ich kassiere doppelt Taschengeld. Und kriegt der eine einen Erziehungsanfall, penn ich eben beim anderen. Wir leben jetzt unser eigenes Leben, Leute. Und ich schwöre euch, wir machen es besser.«

»Als wenn.« Rollo winkt schon wieder nach dem Kellner.

»Wir sind einfach nicht so verlogen. Wir machen einfach, was wir wollen. Echt wollen«, sagt Felix.

»Und was willst du?«, fragt Tom.

Felix zuckt mit den Schultern. »Was weiß ich.« Er denkt nach. Macht ein richtiges Denkergesicht mit gekrauster Stirn. Dann lacht er. Kriegt sich gar nicht mehr ein. »Alter, ich will ...« Wieder Lachen. »Ich will mit Anna zusammenziehen und dann irgendwann heiraten, Kinder kriegen, Haus bauen, Baum pflanzen.« Felix krümmt sich auf dem Barhocker, kriegt kaum Luft vor Lachen. »Den ganz normalen Scheiß. Wie meine Alten das am Anfang auch wollten.«

Rollo lacht jetzt auch. »Du bist so ein Arsch, Felix.«

»Dann ist Tom aber auch ein Arsch. Der will es nicht nur, der zieht es schon durch.«

Jetzt muss auch Tom lachen. Und als er lacht, merkt er, dass das das einzig Richtige ist. Er lacht einfach weiter. Auch wenn er nicht weiß, worüber. Und die anderen machen mit. So wie Jungs zusammen lachen.

»Na, ihr habt ja Spaß.« Isabelles Stimme von rechts.

Rollo schiebt seine Zunge in ihren Mund. Tom weiß genau, wie Isabelle schmeckt. Nach Rauch. Nach ihr. Isabelle küsst Rollo und schaut dabei Tom in die Augen. Der sich fragt, ob Felix das sieht. Ob Rollo das mitkriegt. Aber keinem fällt etwas auf.

Verena hat sich von Jesse zur Bar geleiten lassen. Er ist nicht vorgegangen, wie Tom es tut, sondern hat ihr den Arm um die Schultern gelegt, mit dem anderen den Weg freigeräumt. Er hat ihr sogar einen Barhocker organisiert. Jetzt winkt er der Barkeeperin und bestellt.

»Ich hoffe, du magst Margarita?«

Sie hat keine Ahnung. »Klar.«

Die Getränke kommen. Jesse hält ihr sein Glas hin, sie stoßen an. Ganz sachte. Der Rand des Glases ist in Salz getunkt worden.

Jesse sagt: »Ich freue mich sehr, dass du dich gemeldet hast.«

Verena nickt nur. Sie weiß nicht, was sie sagen soll. Sie weiß nicht einmal, ob sie sich freut, dass sie sich gemeldet hat. Sie weiß nur, dass ihr Herz klopft, dass sie schwitzt. Dass sich Toms Bild ständig vor Jesse schiebt. Der steht vor ihr. So dicht, dass er immer wieder mit dem Becken an ihre Knie stößt. Er fragt: »Sollen wir tanzen?«

Verena springt sofort auf. Tanzen ist gut. Sie haben das schon einmal zusammen gemacht. Zwei Saugnäpfe auf Augenhöhe, die jede Bewegung des anderen kopieren.

Es funktioniert auch diesmal. Die Musik, die Hitze, die wogenden Körper, das Licht. Verena spürt, wie sie sich entspannt. Wie sie lachen kann. Wie sie Jesse in die Augen sehen kann. Der Abstand reduziert sich von ganz alleine, Zentimeter um Zentimeter. Verena schaltet den Kopf aus. Als gäbe es dort einen Knopf, der gedrückt werden kann. Sie drückt Tom weg. Nicht weg. Nur in einen Bereich ihres Bewusstseins, der für den Moment im Verborgenen liegt. Sie muss das schlechte Gewissen nicht haben, das ihr in den Zellen sitzt. Sie darf das. Sie haben es vereinbart. Denken nützt jetzt nichts mehr. Sie hat monatelang gedacht. Ihr Kopf dient nur noch als Beobachter, der über dem Körper schwebt. Der verwundert feststellt, was in diesem Körper los ist. Wie die Zellen sich verlaufen, zerlaufen. Wie Hitze von oben nach unten und wieder nach oben steigt. Wie Verenas Hände nach Jesse greifen. Nach seinen Oberarmen. Wie sie ihn ranziehen, als sei er ihr Besitz.

Tom sieht Isabelle hinterher. Sie will zum Klo.

Tom fragt sich, ob er nach Hause gehen soll. Zu Verena nach Hause. Sie überraschen. Er stellt sich vor, dass sie am Schreibtisch sitzt. Musik hört. Eine seiner Playlists. Dass sie einen Brief schreibt. Um sie herum unzählige zerknüllte Entwürfe. Wie sie weint. Tränen auf das Papier tropfen. Tinte verwischt. Wie sie das alles nicht will. Doch nicht. Weil es ein Fehler ist.

Tom rutscht vom Barhocker. »Ich geh mal pissen.«

Vor den Mädelsklos ist eine Schlange. Isabelle steht nicht an. Sie ist keine, die wartet. Sie ist eine, die sich nimmt, was sie will. Tom öffnet die Tür zum Herrenklo. Ein Typ steht am Pissoir. Eine Kabine ist abgeschlossen. Der Kerl am Pissoir wirft Tom einen Blick zu. Tom holt das Handy heraus. Tippt blöd darauf herum. Kapiert selbst erst, dass er an Verena geschrieben hat, als er auf *Senden* drückt.

Was machst du so?

Die Kabinentür geht auf. Isabelle lächelt.

Der Typ am Pissoir verstaut seinen Schwanz, macht einen Abgang. Sie sind alleine. Tom sagt nichts. Steht da wie ein Vollidiot. Ist einer.

»Hast du auf mich gewartet?«, fragt Isabelle.

Er schüttelt den Kopf. Sie glaubt ihm nicht. Natürlich nicht.

Sie fragt: »Alles in Ordnung bei dir?«

Wieder Kopfschütteln. Diesmal glaubt sie ihm, kommt auf ihn zu, steht ganz dicht vor ihm, drückt ihr Becken gegen seins.

Tom sagt: »Hier kann jeden Moment wer reinkommen.«

Sie lächelt nur.

»Und was ist mit Rollo?«

»Er muss es nicht wissen.« Isabelles Lippen sind jetzt ganz dicht an seinen. Er kann den Zigarettenrauch in ihrem Atem riechen.

Die Türklinke geht. Tom reißt Isabelles Arme von seinem Hals, wirbelt herum, noch ehe die Tür geöffnet ist. Es ist Felix.

»Gruppenpissen oder was?«, fragt er. Er sieht nicht, dass Isabelle die Hand an den Reißverschluss von Tom Hose legt, bevor sie den Raum verlässt.

Verena küsst. Ihre untere Gesichtshälfte ist nass. Der Kuss ist ausgeufert. So hat Verena Tom noch nie geküsst. Vielleicht, weil Dreizehnjährige sich so nicht küssen. Und Achtzehnjährige, die sich als Dreizehnjährige das erste Mal geküsst haben, nicht mehr damit anfangen. Sie löst sich, sieht Jesse an, der sie ansieht. Ein fremder Mann, den sie geküsst hat, als wollte sie ihm die oberste Schicht Haut abziehen. Er sieht aus, als habe es ihm gefallen. Verena hat es gefallen. Nichts ist mehr an Ort und Stelle. Sie erkennt nichts wieder. Ihr Mund drängt wieder zu Jesses Gesicht, aber der nimmt ihre Hand und zieht sie mit sich.

»Legst du Wert darauf, hierzubleiben?«

Sie schüttelt den Kopf.

»Gehen wir zu dir?«

Kopfschütteln.

»Wohnst du mit deinem Freund zusammen?«

Sie sagt nichts.

Er lächelt. »Bei deinen Eltern. Klar. Dann gehen wir zu mir.«

Jesse bahnt einen Weg. Wie vorhin. Ein Arm um Verena, der andere als Machete im Dschungel aus Körpern. Raus aus der wogenden Masse, die sie während des Kusses hin und her geschoben hat. Ein Kuss auf hoher See. An den Garderoben vorbei. Am Türsteher vorbei. In die Nacht hinaus. Die Luft legt sich wie eine Eisschicht auf den heißen Schweiß. Jesse zieht seine Jacke aus und legt sie Verena um. Er winkt nach einem Taxi, hält ihr die Tür auf, achtet darauf, dass sie sich nicht den Kopf stößt, als sie sich hineinsetzt. Er ist ein richtiger Mann.

Er setzt sich neben sie, streicht ihr die Strähne aus dem Gesicht, als habe er es schon hundert Mal getan, lächelt und sagt: »Entspann dich. Ich werde dich nicht fressen. Wir können auch nur Musik hören und Cola trinken, wenn du das willst.«

Tom steht mit Rollo, Felix und Isabelle vor dem Bunker. Isabelle trippelt von einem Fuß auf den anderen. Sie friert.

Rollo fragt sie: »Kommst du mit?«

»Hast du nicht eben noch gesagt, bei dir zu Hause ist vermintes Gebiet?«

»Wir schleichen uns rein. Die pennen schon.«

»Eltern, die sich trennen, sind zu den ungewöhnlichsten Zeiten wach«, sagt Felix. »Die streiten aus dem Stand heraus um drei Uhr früh, glaubt mir.«

»Dann zu dir.«

Isabelle lächelt. Rollo schnaubt. »Manchmal denke ich, du hast gar kein Zuhause. Lebst unter einer Brücke oder so was.«

»Einer Brücke mit Dusche und Kleiderschrank«, sagt Felix. »Hab noch nie einen so herausgeputzten Penner gesehen.« Er nimmt seine Jacke. »Ich klopf jetzt jedenfalls bei Anna an. Sie hat sich mit Freundinnen getroffen und wartet nur darauf, dass ich endlich komme.« Er hält die Hand hoch, damit jemand einschlägt. Keiner tut es. Felix haut ab.

»Dann gehen wir eben noch wohin«, sagt Rollo.

»Für heute reicht es mir.« Isabelle gibt Rollo einen Kuss. Einen kurzen, spitzen. Nicht das, was Rollo sich erhofft hat. Als sie geht, scheint sich die ganze Welt um ihre wiegenden Hüften zu drehen.

»Die Frau macht mich alle, Alter«, sagt Rollo. »Saufen wir uns die Birne zu?«

»Nicht heute.«

Rollo stöhnt. »Was ist nur los mit euch allen?«

Eine Menge. Tom will Rollo so schnell wie möglich loswerden. Der Silhouette nachgehen, die droht, von der Dunkelheit verschluckt zu werden. »Ich hab mein Rad dahinten.«

»Und ich geh jetzt alleine weiterfeiern.«

Damit ist es geschafft. Rollo macht einen Abgang und Tom lässt sein Rad stehen. Er rennt. Bis er ihre Umrisse wieder erkennen kann. Er passt seine Schritte ihren an, bleibt auf Abstand, in Deckung, folgt ihr von einer Straße in die nächste, in eine Gegend, in der er noch nie war.

Verena sieht die Fassade hoch. »Komisches Haus.«

»Eine alte Fabrik.« Jesse schließt eine schwere Eisentür auf.

Das Treppenhaus sieht aus wie der Fahrradkeller in der Schule. Die nackten Wände lassen die Schritte hallen. Sie steigen die Stufen hoch. Verena hat den Weg genau beobachtet. Sie weiß, wo sie ist. Aber sie weiß nicht, wohin sie geht. Wie oft hat Inge sie gewarnt, nicht bei fremden Männern ins Auto zu steigen. Jetzt geht sie zu einem fremden Mann in die Wohnung. Weil sie achtzehn ist. Weil das alle machen. Weil sie denkt, Jesse trauen zu können. Weil sie und Tom eine Auszeit genommen haben. Sie und Tom.

Wieder schließt Jesse eine Eisentür auf. Dahinter liegt ein gigantisch großer Raum, die Wände aus Backstein, an den Decken Rohre, hohe Fenster, durch die Lichter aus den umstehenden Häusern dringen. Eine Wohnung, wie sie Leute in Til-Schweiger-Filmen haben.

»Wow.«

»Ich hab echt Glück gehabt, dass ich sie gekriegt habe. Und auch noch bezahlbar.«

»Ist hier alles in einem Raum?«

»Nur das Klo nicht.« Jesse lacht. »Schau dich ruhig um.« Er hantiert in dem Teil der Halle, der als Küche dient.

Verena legt Jesses Jacke auf das Sofa, das mitten im Raum steht, davor ein metallener flacher Tisch, auf dem sich Zeitschriften, Bücher, Zettel stapeln. Das Bett steht an der Wand. Es muss mindestens zwei Meter breit sein. Darüber hängt ein gigantisches Bild. Eine Fotografie von einem asiatischen Frauengesicht. Die Frau sieht traurig aus.

Jesse hat zwei Gläser mit Rotwein gefüllt. Eins gibt er ihr, an dem anderen riecht er, während er es hin und her schwenkt. Verena mag keinen Rotwein. Nur weißen. Und lieber wäre ihr jetzt eine Cola. Sie will einen klaren Kopf behalten.

»Den habe ich aus Italien mitgebracht. Der Hauswein meiner Lieblingstrattoria in Siena.«

»Hast du da Urlaub gemacht?«

»Wir hatten da Gigs.«

»Wow.«

»In Italien läuft es besser als hier. Die Südländer stehen irgendwie auf uns.« Jesse setzt sich aufs Sofa. »Entschuldige das kreative Chaos.«

»Das ist nichts gegen das Chaos bei meinem Bruder. Und das ist definitiv nicht kreativ.«

Jesse lacht. »Du bist süß.« Er deutet neben sich auf die Couch. Sie setzt sich.

»Hast du die ganzen Möbel selbst gemacht?«

»Die meisten. Ein paar sind von befreundeten Designern.«

»Du kennst viele Künstler, oder?«

»Bleibt nicht aus.« Jesse streicht ihr wieder die Strähne aus dem Gesicht. Nicht wie Tom es macht. Irgendwie anders. Die Strähne fällt zurück in Verenas Stirn, über ihr Auge. Sie pustet sie weg. Jesse lächelt. Als wenn er es niedlich fände, dass sie gepustet hat. Und dann küsst er sie.

Tom steht vor einem Club mit Klingel, an der Tür eine Schiebelade, durch die ein Typ Tom in Augenschein nimmt.

»Achtzehn?«

»Ja.«

»Empfehlung?«

Tom entscheidet sich für einen gängigen Vornamen. »Thomas.«

»Bering?«

»Genau der.«

Die Tür öffnet sich. So einfach kann das sein. Vielleicht macht Rollo das auch immer so. Vielleicht ist Tom heute Rollo. Jemand wie Rollo. Nicht jemand wie Tom.

Ein langer Gang führt zu einem Raum, der spärlich beleuchtet ist. Es wird geraucht. Kaum jemand redet. Als wenn niemand in Begleitung hier wäre. Tom hat so einen Laden noch nie gesehen. Er fragt sich, wo Isabelle ist. Was sie hier will. Vielleicht ist sie auf der Toilette.

Tom setzt sich an einen der hinteren Tische. Er ist ohne Plan hinter ihr hergerannt und hat immer noch keinen. Er weiß nicht mal, ob er will, dass sie ihn entdeckt.

Auf der gegenüberliegenden Seite des Raumes geht schummrige Beleuchtung an. Tom erkennt eine Art Bühne. Ein roter Vorhang. Die Menschen drehen sich in die Richtung des Lichts. Der Vorhang öffnet sich. Ein paar Musiker stimmen einen Song an. Vielleicht Jazz oder Blues. Tom kennt sich mit so etwas nicht aus. Vor dem Kontrabass, dem Schlagzeug, der Gitarre sitzt eine Frau rücklings auf einem Barhocker und saugt an einer ellenlangen Zigarettenspitze. Sie bläst Rauch in kleinen Wolken aus. Wie Isabelle es tut. Die Haare sind hochgesteckt. Das Kleid eng und knöchellang, rückenfrei. Die Frau sieht aus wie aus einem Film, der in früherer Zeit spielt. Die Menschen klatschen, einige johlen. Sie dreht den Kopf. Es ist Isabelle. Sie schaut über ihre bloße Schulter, dreht dann den Körper nach vorne, zum Mikrofonständer hin. Die Beine sind übereinandergeschlagen, nur die Waden schauen aus dem Schlitz im Kleid. Sie geht so nah an den Mikrofonkopf heran, als wolle sie ihn küssen. Dann singt sie. Einen uralten Song. Tom glaubt, dass er von Zara Leander ist. *Ich weiß nicht, zu wem ich gehöre.* Sie singt nicht, sie haucht. Rau und verführerisch. Tom hat so etwas noch nie gehört.

Verena gräbt die Finger in Jesses Locken. Wie anders sich sein Haar anfühlt. Seine Haut. Der Geruch, der von seinen Achseln ausgeht. Sie atmet ihn ein. Als wäre er ein olfaktorischer Code, den sie entschlüsseln will. Um alles Fremde vertraut zu machen.

Jesse beendet den Kuss. Er lächelt. Sie kann dieses Lächeln nicht deuten. Sein Kopfschieflegen. Das Zucken seiner Muskeln. Ein Schauer läuft über ihren Rücken. Jesse gefällt das. Er fährt mit dem Finger den Schauer nach.

Vielleicht ist es gerade das. Dass sie es nicht deuten kann. Dass es spannend ist. Dass es neugierig macht. Wenn sie versucht, es zu entziffern, macht sie es nur kaputt. Sie sucht Jesses Mund, aber er legt die Handflächen an ihre Wangen, hält sie auf Abstand. Er will sie ansehen.

»Du bist schön.« Er greift nach seinem Weinglas. Trinkt. Er unterbricht, was gerade angefangen hat. Verena weiß nicht, warum. Weil er nicht mehr will? Weil er es spannend machen will?

Er fragt: »Was machst du jetzt mit deinem Abitur in der Tasche?«

Er will reden. Sie nicht. Sie sagt: »Ich studiere auf Lehramt.«

»Lust zu lehren oder einfach keine andere Idee?«

»Ich glaube, es könnte mir gefallen.«

»Du glaubst?«

Verena zuckt mit den Schultern. Wie soll sie wissen, ob ihr etwas gefällt, das sie noch nie getan hat.

Tom spürt, wie die Anspannung in seinem Körper nachlässt, als das Licht ausgeht. Der Vorhang fällt. Er sinkt auf den Stuhl zurück. Da steht sie plötzlich vor ihm, setzt sich zu ihm an den Tisch, winkt dem Kellner, der offensichtlich weiß, was er ihr bringen soll, fragt: »Hat es dir gefallen?«

Tom nickt. Er spürt, dass er rot wird. Sucht nach etwas, das er sagen kann. »Wieso darf keiner wissen, dass dein Job Singen ist?«

»Das ist nur ein Hobby.« Isabelle lacht. »Wenn ich Lust habe, komme ich her und die Band lässt mich singen.«

Der Kellner bringt Isabelle einen durchsichtigen Drink mit einer Kirsche drin. Auch Tom stellt er einen hin.

»Und warum darf Rollo das nicht wissen?«, fragt Tom.

»Es geht einfach keinen was an«, antwortet sie, nippt an dem Drink. »Das ist mein Ding. Zwischen mir und dem Publikum. Und natürlich Typen, die so scharf auf mich sind, dass sie mir durch die Nacht folgen.«

Er sieht auf sein Glas. »Entschuldigung.«

»Du musst dich nicht entschuldigen.«

»Nein?«

»Nein.« Sie lächelt, nimmt den Zahnstocher mit der Kirsche aus dem Drink, spielt damit herum. »Wusstest du, dass Sängerinnen in einer Band zwanzig Prozent mehr Sex haben als andere?«

»Wieso?«

»Weil die Leute drauf stehen.«

Er sagt nichts.

»Stimmt doch, oder?«, fragt sie.

»Stimmt wohl«, sagt Tom.

Isabelle steckt die Kirsche zwischen die Schneidezähne und kommt ganz nah. Sie will mit ihm teilen.

Verena sieht auf Jesse hinunter. Er ist eingeschlafen. Neben ihr auf dem Sofa. Wegen der Musik, des Weins, vielleicht wegen ihrer Antworten. Sein Kopf liegt auf ihrem Schoß.

Verena ist noch nie so viel gefragt worden. So was gefragt worden. Fragen, die, als sie aufhörte, darüber nachzudenken, was sie sagte, Antworten aus ihr lockten, die sie selbst noch nicht kannte. Die sie selbst in einem anderen Licht erscheinen ließen. In einem bunteren. Als sei sie etwas Besonderes. Geheimnisvoll. Einzigartig. Begehrenswert. Auch wenn Jesse sie nicht angerührt hat. Aus Rücksicht auf sie? Aus Desinteresse? Verena weiß es nicht.

Sie sieht auf die Uhr. Nicht mehr lange und die Sonne geht auf. Ganz vorsichtig fasst sie mit den Händen unter Jesses Kopf. Sie will ihn nicht wecken. Zentimeter für Zentimeter zieht sie ihre Beine unter ihm weg, legt den Kopf auf das Sofa zurück. Sie geht zum Schreibtisch, nimmt Papier und Stift. Es fallen ihr nur Klischees ein. Was Leute in Filmen schreiben. Wenn sie gehen, während der andere schläft. Also schreibt sie nichts, öffnet die Wohnungstür, schließt sie leise, steigt die Treppe herunter, steht auf der Straße. Sie fühlt sich wie jemand, der sie nicht ist. Wie jemand, der sie noch nie war. Heute aber ist. Sie geht die Straße entlang. Muss sich erst einmal orientieren, bevor sie weiß, wie sie von hier aus nach Hause kommt. Nach Hause. Das hört sich gut an. Und auch nicht. Ein Teil von ihr will immer dieselbe bleiben, der andere will sich häuten und neu werden.

Tom steht im Flur und versucht, leise zu sein. Er ist nicht leise genug.

»Tom, bist du das?« Sigrids Stimme kommt aus dem Wohnzimmer.

»Ja, ich bin's.« Tom hat nicht damit gerechnet, dass noch jemand wach ist.

»Kommst du mal?«

Er kann nicht Nein sagen. Auch wenn er möchte. Er geht ins Wohnzimmer. Sie sitzt da, in eine Decke gewickelt, vor sich ein Glas Wein. Die Flasche ist schon fast leer.

»Können wir reden?« Sie tätschelt den Platz neben sich.

»Ich bin ziemlich müde.«

»Ach, komm. Bitte.«

Er setzt sich. Sie hält ihm das Glas hin. »Möchtest du?«

»Nein danke.«

»Wo wart ihr?«

»In einer Bar.«

Sigrid lächelt. Sie denkt, er war mit Verena unterwegs. Und er hat keine Lust, ihr die Wahrheit zu erzählen. Sie will auch gar nichts hören, sie will selbst reden.

»Wie geht es dir?«

»Gut.«

Sie streckt sich, streichelt ihm über die Wange, hat den Blick drauf, den Mütter draufhaben. Ein bisschen Sorge, sehr viel Liebe. »Es tut mir leid.«

»Was?«

»Dass du darunter leiden musst.«

»Ich bin alt genug.«

»Du bist immer noch mein Kind.« Jetzt hat sie Tränen in den Augen.

Tom spürt, wie sein Geist seinem Körper vorauseilt. Die Treppe hoch. In sein Zimmer. Hinter die verschlossene Tür. Er will das jetzt nicht.

»Ich weiß nicht, was dein Vater dir erzählt hat.«

»Gar nichts.«

»Das mit Bernd ...«

»Es ist eure Sache, Mama.«

»Das ist nicht nur eine Affäre.« Sie zögert, nimmt seine Hand. Als wenn sie wüsste, dass er weglaufen möchte. »Wir empfinden wirklich etwas füreinander. Es hat sich über die Jahre entwickelt. Weißt du, dein Vater und ich ...«

»Du musst mir das nicht sagen.«

»Ich will aber!« Sie drückt seine Hand so fest, dass es wehtut, schaut ihm direkt in die Augen. »Weißt du noch, als ich diesen Zusammenbruch hatte? Das war nicht einfach so. Dein Vater hatte damals eine Affäre. Er hätte mich beinahe verlassen. Seitdem ist nichts mehr, wie es einmal war. Und Bernd ...« Sie schaut Tom an, als wolle sie, dass er ihren Satz beendet. Als er es nicht tut, spricht sie weiter: »Er gibt mir, was dein Vater mir schon lange nicht mehr gibt. Und ich ihm, was er schon lange nicht mehr bei Inge findet.«

Verena steht auf dem Bürgersteig und schaut zum Fenster hoch. Das Licht in Toms Zimmer brennt. Sie wartet darauf, seinen Schatten zu sehen. Toms Umrisse hinter dem Vorhang. Aber nichts rührt sich. Sie geht zu ihrer eigenen Haustür, schließt auf, tritt in den Flur, in die Küche. Im Kühlschrank herrscht Ebbe. Sie trinkt Wasser aus dem Hahn, nimmt sich einen Apfel, hält ihn in der Hand. Auf dem Tisch liegt ein Zettel.

Liebe Verena, morgen früh fahren wir um acht Uhr los nach Marburg. Nicht verschlafen. Mama

Jetzt ist es Viertel nach vier.

Verena legt den Apfel zurück, steigt die Treppe hoch, stellt sich unter die Dusche. Sie seift den ganzen Körper ab. Mehrmals. Als müsse sie Beweise vernichten, Fingerabdrücke, DNA. Sie legt sich ins Bett. Noch drei Stunden, bis sie losfahren. Sie und Tom. Um ihre neue Wohnung zu besichtigen. Als wenn nichts geschehen wäre.

9

Tom träumt. Der Raum ist dunkel. Nur schemenhaft sind die Umrisse von Körpern auszumachen. Es riecht nach Menschen. Nach Parfüm. Nach Rauch. Tom tastet sich voran, streift Hüften, Handrücken. Jemand wispert. Aber er versteht nicht, was gesagt wird. Jemand streicht seinen Rücken entlang. Tom bleibt nicht stehen. Er bahnt sich seinen Weg. Auf das Licht zu. Es scheint aus den Ritzen eines Vorhangs am Ende des Raumes. Tom will wissen, was dahinter ist. Alles andere ist ihm egal.

»Du musst aufwachen! Wir fahren in zehn Minuten!«

Tom schreckt auf. Hannes steht vor seinem Bett. Die Haare nass vom Duschen. Er knöpft das Hemd zu, verknöpft sich.

»Du verknöpfst dich«, sagt Tom.

Hannes betrachtet die Knöpfe, als habe er sie noch nie zuvor wahrgenommen. Er sieht nicht gut aus, hat Ränder unter den Augen. Die Falten, die sonst wie feine Linien seine Wangen durchkreuzen, sehen aus wie schattige Furchen.

»Ich springe nur schnell unter die Dusche«, sagt Tom, steigt aus dem Bett, geht ins Bad. Er stellt das Wasser an, lässt den Massagestrahl auf den Rücken knallen. Auf den Kopf. Es hämmert in seinen Ohren. Er hat erst vor zwei Stunden geduscht, fühlt sich aber schon wieder schmutzig. Er trocknet sich ab, zieht an, was ihm als Erstes in die Finger fällt, steigt die Treppe hinunter. In der Küche sitzt Hannes und trinkt Kaffee.

»Ist Mama fertig?«, fragt Tom.

»Sie fährt nicht mit. Nur Inge, ich, du und Verena.«

Verena zieht Hose und Shirt an.

»Kommst du?« Inge steht in der Zimmertür. Ihre Augen sind geschwollen. Sie hat geweint. Sie versucht zu lächeln, als würde sie sich freuen. »Ich bin ja mal gespannt, wie euer Liebesnest aussieht.«

»Ich auch.« Verena wendet sich dem Spiegel zu. Sie sieht müde aus. In ihrem Alter hinterlässt eine schlaflose Nacht noch nicht so tiefe Spuren. Sie legt ein bisschen Lipgloss auf, Rouge, Wimperntusche. Als müsse sie sich vorbereiten für einen Auftritt. Dass sie jemals unter Lampenfieber leiden würde, wenn sie Tom sieht.

Verena geht nach unten, Inge drückt ihr im Flur einen Thermosbecher Kaffee und eine Stulle in die Hand. Von Bernd ist nichts zu sehen. Verena weiß nicht mal, ob er im Haus ist. Ob er noch ins Haus darf. Sie fragt nicht nach. Nicht jetzt. Sie geht hinter Inge aus dem Haus. Hannes sitzt bereits im Auto und hantiert am Navi herum. Inge setzt sich auf den Beifahrersitz. Verena nach hinten.

»Er muss noch mal«, sagt Hannes mit einer Kopfbewegung Richtung Haus. »So, alles eingestellt. Das wird eine lange Fahrt.«

Auch Hannes spielt eine Rolle. Niemand ist heute er selbst. Auch Tom nicht, der gerade aus dem Haus auf das Auto zukommt. Verena sieht es seinem Körper an. Er bewegt sich, als schwebe über Tom ein unsichtbarer Marionettenspieler.

Ein Lächeln legt sich auf Toms Lippen, wie hingepinselt. Er setzt sich neben Verena auf die Rückbank. Ein Schwall Aftershave füllt den Innenraum des Wagens aus.

»Guten Morgen«, sagt er, breitet mit großer Geste die Arme aus, drückt Verena an sich, gibt ihr einen Kuss, der unmittelbar neben ihren Lippen landet.

Inges Text ist überschaubar. Sie sagt erneut: »Da bin ich aber mal gespannt, wie euer Liebesnest aussieht.«

»Musik?«, fragt Hannes.

»Unbedingt.« Verena fasst an den Ringfinger. Aber da ist kein Ring. Verena spult rückwärts, durchforstet ihre Erinnerung. Der Club. Das Loft. Der Ring muss bei Jesse sein.

Tom holt das Handy hervor, tippt drauflos. Um etwas zu tun. Um nicht nichts zu tun. Er schreibt an Rollo. *Fahren jetzt nach Marburg. Bis später.*

So was schreiben sie sich nicht. Aber Tom hat schon auf *Senden* gedrückt. Eine Antwort kommt prompt.

Sag bloß, Alter. Erzähl was Neues.

Er hat ja recht. Aber sich vor Rollo zum Affen zu machen ist gerade leichter, als mit Verena zu sprechen. Er tippt weiter.

Was machst du denn so?

Wieder lässt die Antwort nicht lange auf sich warten.

Ich lieg mit Isabelle im Bett. Brauchste noch mehr Info?

Nein. Die braucht Tom nicht. Isabelle ist also doch noch zu Rollo gefahren. Danach. Nachdem sie Tom geküsst hat. Nachdem sie mit Tom durch die Nacht gegangen ist. Ihn in einen Hauseingang gezogen hat. Seine Hand genommen und unter ihr Shirt geführt hat. Nachdem sie ihn so heißgemacht hat, dass es wehtat, als sie ging.

Tom schaut zu Verena. Auch sie tippt. Gerade als er sich fragt, wem sie schreibt, erreicht ihn eine Nachricht von ihr.

Wird das jetzt immer so sein zwischen uns?

Sie wirft ihm einen Blick zu. Wenn er sich nicht täuscht, geht es ihr schlecht.

Er schreibt: *Es ist halt eine komische Situation. Ich weiß nicht mal, was du gestern gemacht hast.*

Und ich nicht, was du.

Sie sehen sich an. Das erste Mal richtig. In die Augen. Ohne dass einer sofort wieder wegsieht.

Tom fragt sich, ob er wissen will, was sie gestern gemacht hat. Und ob er ihr sagen möchte, was er getan hat.

Verena bekommt von Inge ein belegtes Brötchen nach hinten gereicht. Sie hat keinen Hunger. Nicht mal die Stulle hat sie angerührt, nur wenige Schlucke vom Kaffee getrunken. Sie nimmt das Brötchen trotzdem. Tom nimmt ebenfalls eins. Sie unterbrechen ihren Chat, um zu essen.

Hannes kurbelt die Scheibe ein wenig herunter. Wind fährt Verena ins Haar. Es ist ein warmer Tag. Aus den Boxen dröhnen die Stones. Hannes liebt sie. Wenn jemand von außen auf das Auto sieht, könnte er denken, eine glückliche Familie fährt ins Blaue.

Verena tippt: *Ich will es gar nicht wissen.*

Sie sieht zu Tom hinüber. Er nickt. Und lächelt. Es gibt

also etwas, das sie nicht wissen soll. Auch er hat sich sofort auf den Weg gemacht. Ein Teil von ihr hatte gehofft, es würde ihm schwerer fallen.

Tom tippt wieder.

Wir fahren in unsere erste gemeinsame Wohnung! Krass, oder?

Ja, totaler Hammer.

Wieder lächeln sie sich an. Tom legt seine Hand auf den Sitz zwischen sich und Verena. Geöffnet. Verena legt ihre Hand in seine. Nur ein Paar, das so fest verbunden ist wie sie, kann es sich leisten, an einer Kreuzung nicht gemeinsam abzubiegen. Weil es weiß, dass jeder Weg nach einer Weile wieder den des anderen treffen wird. Verena hofft, dass das stimmt.

Tom fragt sich, ob es viel Geld kosten würde, den scheußlichen roten Teppich gegen Laminat auszutauschen. Und ob sie das dürfen.

Hannes' Bekannter sagt: »Wenn sie euch gefällt, reserviere ich sie euch.«

»Unsinn. Wir mieten sie und zahlen natürlich ab sofort«, sagt Hannes. »Sonst hast du ja Leerstand.«

Tom tritt näher an die Balkontür. »Können wir mal raus?«

»Natürlich.«

Verena tritt hinter Tom auf den Balkon. Die frische Luft riecht nach nichts.

»Ich mag die Aussicht«, sagt Verena.

Hinterhöfe. Dächer. Weit hinten ein Kirchturm.

Tom stellt sich schräg hinter Verena, legt die Arme um ihre

Taille, den Kopf auf ihre Schulter. Er sagt: »Eine Flasche Wein, Baguette und Käse.«

»Das ist nicht Paris.« Sie lacht.

»Passen hier Tisch und Stühle drauf?«

»Knapp.«

Die Sonne blendet. Tom legt die Hand über die Augen. »Ist das dahinten die Uni? Das ist super mit dem Rad zu erreichen.«

»Das wär gut.«

Eine Katze erscheint auf der Brüstung des Balkons. Sie ist schwarz, hat nur um die Nase herum weißes Fell. Als habe sie zu tief in die Milchschüssel geguckt. Verena streckt die Hand aus. Die Katze schnuppert daran, will gestreichelt werden, fängt augenblicklich an zu schnurren.

»Die Nachbarschaft mag dich schon mal«, sagt Tom.

»Wäre cool, wenn die jeden Tag vorbeischaut.«

»Wir könnten ihr jede Menge Wurst geben. Die Viecher sind erpressbar. Wenn sie fett wird, stürzt sie allerdings vom Balkon.«

Verena lacht. So wie Verena lacht. Wenn Tom einen blöden Witz macht. Wenn sie nicht darüber nachdenkt, ob das jetzt witzig war. Wenn die Welt in Ordnung ist. Hier, so weit weg von zu Hause, ist die Welt in Ordnung.

Die ersten Sommersprossen haben sich auf Verenas Nase versammelt. Im Laufe des Sommers werden es immer mehr werden. Er wird sie zählen.

Tom fragt: »Also, nehmen wir die Wohnung?«

»Wenn wir den Teppich gegen Laminat austauschen können.«

Tom muss lachen. Verena denkt genau wie er. Immer noch.

Verena sieht Inge zu, die die Küchenschränke inspiziert. Als ob sie nach einem Haken sucht, der verhindert, dass Verena auszieht. Aber die Sache ist entschieden. Hannes unterschreibt den Mietvertrag. Verenas Hand wird von Toms gehalten. Er drückt sie. Sie drückt zurück. Sie können das. Bestimmt. Sich eine Auszeit geben und trotzdem die Zukunft planen. Oder gerade deshalb.

»Ich gebe euch den Schlüssel direkt«, sagt der Vermieter. »Unter Freunden, da machen wir keine Umstände.« Er verabschiedet sich.

»Gehen wir was essen und ein bisschen durch Marburg bummeln, wo wir schon mal hier sind?«, schlägt Hannes vor. »Wir können nachher ja noch mal herkommen.« Er gibt Tom den Schlüssel. »Eurer!«

Tom schließt hinter allen ab. Der Weg von der Wohnung zur Innenstadt ist ein Katzensprung. Das Leben findet auf der Straße statt. Coffee to go auf Bänken und Treppen. Die Stadt scheint ausschließlich aus Studenten zu bestehen.

»Da fühlt man sich direkt wieder jung«, sagt Hannes mit einem Blick zu Inge.

Sie sieht nicht aus, als fühle sie sich jung. Eher, als würde sie bei jedem ihrer Schritte Zentner bewegen. »Setzen wir uns da hin. Der Italiener ist doch was für alle.« Sie deutet zu einem Restaurant mit Tischen auf dem Bürgersteig.

Sie verschwinden hinter Speisekarten. Verena und Tom brauchen nur eine. Verena tippt auf die Lasagne, Tom auf die Pizza Tonno. Sie werden teilen. Sie teilen immer alles. Fast alles.

Tom hat die Augen geschlossen, ist aber hellwach. Vielleicht stellt auch Verena sich nur schlafend. Tom hofft, dass sie wirklich schläft. Es nicht hört. Das seltsame Geräusch, das Inge macht. Vielleicht ist es Weinen. Tom öffnet die Augen nur einen Spalt weit. Auf Inges Hals treten die Adern hervor. Sie sitzt gekrümmt. Ihr Körper zuckt unwillkürlich. Tom sieht Hannes' Gesicht im Rückspiegel. Er sieht hilflos aus.

Tom schaut zu Verena. Sie hat den Mund offen stehen. Die Augäpfel bewegen sich unter den Lidern. Sie sieht aus, wie sie aussieht, wenn sie träumt. Vielleicht von Baguette, Wein und Sonne auf dem Balkon.

Inge schluchzt. Sie versucht es zu unterdrücken, aber es bricht sich Bahn. Tom sieht, wie Hannes' Hand sich auf Inges angespannte Schulter legt, tätschelt, nichts ausrichten kann, sich wieder zurückzieht.

»Das wird schon wieder«, sagt Hannes.

Inge sagt nichts.

Verena träumt. Wasser tropft von den Bäumen. Pilze wachsen auf einem umgefallenen Stamm. Da ist der moosbewachsene Baumstumpf. Da die zwei Stämme, die einander umschlingen wie Liebende. Verena hält Ausschau. Achtet auf jede Bewegung im Unterholz.

Das Auto hält an. Und mit ihm Verenas Traum. Sie öffnet die Augen. Sie sind wieder zu Hause. Sie muss die ganze Fahrt verschlafen haben. Tom hält ihre Hand. Wie lange schon, das weiß sie nicht. Auch nicht, ob er es war, nach dem sie im Traum Ausschau gehalten hat.

Tom spielt an ihrem Ringfinger. An dem kein Ring ist. Er

sagt: »Gibst du mir gleich mal den Ring, damit ich ihn endlich enger machen lassen kann?«

Sie steigen aus, stehen auf der Grenze zwischen beiden Grundstücken.

Tom sagt: »Machen wir heute noch was zusammen? Ich meine, das ist irgendwie unser Tag. Mit der Wohnung und so. Und auch wenn wir die Auszeit haben, heißt das ja nicht ...«

»Klar machen wir was zusammen.«

»Felix und Anna gehen ins Roxi.«

»Gute Idee.«

»Dann komme ich dich in einer halben Stunde abholen?«

Tom greift nach Verenas Hand, gibt ihr einen Kuss, bleibt an ihren Lippen, wartet, bis sie sich öffnen. Seine Zunge sucht ihre. Ihre Zunge lässt sich von seiner finden. Verena wartet darauf, dass es sich anfühlt, wie es sich anfühlt, wenn Tom Verena küsst. Aber es fühlt sich nur anders an, anders, als wenn Jesse Verena küsst.

Tom bekommt eine Nachricht von Isabelle. Als er ihren Namen liest, läuft ihm ein Schauer über den Rücken. Ein Prickeln wie am obersten Punkt der Achterbahn. Kurz bevor es bergab geht. Er öffnet die Nachricht.

Will dich sehen.

Tom denkt an den Balkon, die Sonne, aber das Bild ist nur schemenhaft. Marburg wie eine Erinnerung. Oder eine Ahnung von etwas, das in der Zukunft liegt. Es verblasst. Isabelles Nachricht schiebt sich darüber. Neonfarben. Tom schreibt: *Ich gehe mit Verena aus.*

Er sieht die Worte an und etwas steigt in ihm hoch. Ein Gefühl, das ihm fremd ist. Das damit zusammenhängt, dass er Isabelle nicht gibt, was sie haben will. Dass er sie zappeln lässt. Obwohl Tom noch nie jemanden hat zappeln lassen. Er schickt die Nachricht ab, suhlt sich in dem Gefühl, wartet. Aber das Display bleibt schwarz. Tom ist enttäuscht. Er ist nicht mehr am Zug. Sie ist jetzt dran. So herum fühlt es sich scheiße an.

Verena steht vor dem Schrank. Sie weiß nicht, was sie anziehen soll. Und irgendwie ist es ihr auch egal. Sie nimmt irgendeinen Rock, ein Shirt, die Stiefel. Sie setzt sich auf das Bett, schaut auf das Handy. Keine Nachricht von Jesse. Sie weiß nicht, wie so etwas läuft. Normalerweise. Wann sich wer meldet. Und was es bedeutet, wenn sich jemand nicht meldet. Und was das mit einem selbst zu tun hat. Vielleicht ist das aber auch einfach so, dass es Dinge gibt, die nicht wiederholt werden müssen. Es sollte ihr egal sein. Aber es ist ihr nicht egal. Sie will, dass er sich meldet. Auch wenn sie nicht weiß, ob sie zurückschreiben wird. Er soll sich melden, damit sie entscheiden kann. Nicht er.

Es klingelt. Verena hört Inges Stimme. Toms Stimme. Sie wird ihm sagen müssen, dass der Ring weg ist. Wenn sie ihn nicht wiederfindet. Das wäre ein Grund, Jesse anzurufen. Wegen des Rings.

Tom spürt, wie etwas von ihm abfällt, als er Felix und Anna an der Bar sitzen sieht.

»He, Alter!« Felix boxt Tom gegen die Schulter. Verena wird von Anna in den Arm genommen. Pärchenabend. Felix bestellt

Tequila. Zitronenscheiben werden auf Handrücken gerieben, Salz verstreut. Tom spürt, wie der Schluck heiß durch die Kehle rinnt. So ein Abend wird das. Ein anderer ginge heute nicht.

»Wie lief es mit der Wohnung?«, will Anna wissen.

»Die ist cool.«

»Gut geschnitten?«

»Klassiker. Schlafzimmer, Wohnzimmer mit Küche dran, Bad, Balkon mit krasser Aussicht.«

»Also nicht für jeden ein eigenes Zimmer? Aber braucht ihr ja auch nicht. Ihr hängt ja eh immer aufeinander.« Anna lacht.

»Und bei euch? Immer noch rosarote Brille?«, fragt Tom.

»Wenn ich Felix nicht schon vorher gekannt hätte, würde ich mir Sorgen um mich machen. Aber so weiß ich ja, was für ein Idiot hinter der rosaroten Brille steckt. Und dass man den trotzdem liebhaben kann, auch ohne Brille.«

»Auf Felix und dich.« Verena drückt Anna ein Glas in die Hand.

»Und auf dich und Tom«, erwidert Anna.

Sie trinken.

Tom schaut auf das Display seines Handys. Nichts. Er spürt ein Vibrieren im Brustkorb, das sich nicht herunterspülen lässt.

Felix sagt: »Wenn wir jetzt alle ausschwirren, dann müssen wir aus dem hier eine feste Verabredung machen. Ein Abend, an dem Anwesenheitspflicht ist für alle. An dem wir ausgehen, so wie früher. Genau heute in einem Jahr.«

»Du siehst uns also auch mit siebzig noch hier am Tresen?«, fragt Tom. »Dann lassen die uns doch gar nicht mehr rein.«

»So weit denke ich nicht. Ein Jahr reicht schon, um alles zu verändern«, sagt Felix. »Der eine oder andere von uns kann voll panne werden da draußen.«

»Das ist dann ja wohl dein Job!«

»Oder irgendwer ist nicht mehr mit irgendwem zusammen.« Felix bleibt ernst, auch wenn alle anderen lachen. Er sagt: »An diesem einen Abend im Jahr ist das alles egal. Versprecht mir das.«

Während sie es versprechen, sieht Tom Rollo hereinkommen. Hinter ihm Isabelle.

Isabelle gibt Felix einen Kuss auf die Wange. Tom küsst sie nicht. Tut vielmehr so, als sei er gar nicht da.

»Was geht ab?«, fragt Rollo und winkt nach dem Barkeeper. Er hat verdammt gute Laune. Tom fragt sich, wieso.

Er sucht Isabelles Blick, bekommt ihn aber nicht zu fassen. Sie geht haarscharf an ihm vorbei. Zu den Mädels, die sich etwas abseits platziert haben. Stellt sich zwischen Verena und Anna, als wollte sie einen Keil treiben.

Verena antwortet: »Das ist Sache meiner Eltern.«

Isabelle nickt. »Ich wollte nur wissen, ob du okay bist.«

»Wie du siehst.« Verena kann mit Isabelles fürsorglichem Ton nichts anfangen. Sie sind keine Freundinnen. Und bisher hat Isabelle keine Anstalten gemacht, sie vom Gegenteil zu überzeugen. Verena weiß nicht, was das plötzlich soll. Sie sucht Toms Blick, der zwar in ihre Richtung zielt, aber nicht bei ihr ankommt. Er wird wissen, dass ihr diese Unterhaltung auf die Nerven geht. Er wird kommen und sie rausholen. Doch er kommt nicht, wendet sich lieber Rollo und Felix zu, zeigt ihr den Rücken.

»Muss grad mal was checken«, sagt Verena, um Isabelle loszuwerden, hauptsächlich deswegen. Sie holt ihr Handy hervor und verzieht sich. Keine Nachricht von Jesse. Verena scrollt durch die Kontakte, sucht nach Jesses Nummer. Es ist völlig normal, dass sie ihren Ring wiederhaben will. Jeder würde sich melden, um seinen Ring zurückzubekommen. Sie tippt. *Hast du zufällig meinen Ring gefunden?*

Isabelle quatscht jetzt Anna voll. Verena geht zu den Jungs, sucht nach Toms Hand, findet sie, verschränkt ihre Finger in seinen. Rollo wird von Felix über die Revival-Idee informiert.

Rollo fragt: »Und wenn an dem Tag die Bahn streikt? Die Piloten? Und die Autobahnen gesperrt sind?«

»Dann robbst du eben auf den Brustwarzen her, Idiot.«

Tom fragt: »Und wenn wir genau an diesem Tag in einem Jahr eine Klausur haben?«

»Dann schwänzen wir.«

»Und wenn wir genau an diesem Tag in zehn Jahren ein Baby bekommen?«

»Dann müssen die Mädels es eben so lange drinbehalten. Scheiße! Hauptsache ist, wir treffen uns hier. Ihr habt es versprochen!«

Tom steht Isabelle gegenüber. Er sieht sie nicht an.

»Wenn wir uns in zehn Jahren hier treffen, bin ich Rockstar!«, brüllt Rollo und spielt Luftgitarre. »Ich trete dummerweise in Wembley auf und kann nicht kommen. Dann habt ihr wenigstens was zu reden. Ihr könnt in Erinnerungen schwelgen. Den legendären Rollo preisen. Euch in den Armen liegen und heulen. Und dann beschließen, dass es ohne mich keinen Sinn mehr macht, sich zu treffen. Weil es zu öde ist.«

»Du selbstverliebter Scheißkerl. Du kannst doch nicht mal bei *Hänschen klein* den Ton halten.« Felix bombardiert Rollo mit Erdnüssen. Der schießt zurück mit einem Bierdeckel. Sie sind noch genau dieselben wie immer.

Isabelle geht Richtung Toilette. Tom sieht es aus dem Augenwinkel. Er sagt: »Ich geh pinkeln.«

Vor dem Damenklo ist eine Schlange, in der er Isabelle nicht sieht. Natürlich nicht. Tom öffnet die Tür zum Herrenklo, schaut sich um. An den Pissoirs ist alles besetzt, von den beiden Kabinen ist nur eine abgeschlossen. Tom geht in die andere. Steht einfach da, weil er sowieso nicht muss. Und selbst wenn er müsste. Die Vorstellung, dass Isabelle ihm beim Pinkeln zuhört, geht gar nicht. Dabei kann er vor Verena sogar kacken. Er stellt sich vor, wie Isabelles Slip an ihren Fußknöcheln hängt, ihre nackten Beine, ihr Hintern, der halb in der Schüssel verschwunden ist. Es ist kein schönes Bild. Sein Schwanz steht trotzdem. Er beugt den Oberkörper, schaut unter dem Spalt zwischen den Kabinen nach drüben. Sieht Isabelles Stiefel.

»Willst du nicht rüberkommen?« Isabelles Stimme. Sie lacht.

Wie leicht er zu durchschauen ist.

Tom antwortet nicht. Drüben wird die Kabinentür aufgeschlossen. Wasser läuft. Hände werden gewaschen. Tom verlässt die Kabine erst, als er sicher ist, dass Isabelle weg ist. Er sieht sich im Spiegel an. Was für ein Schwachkopf er doch ist.

Verena hat schon wieder Isabelle an der Backe. Sie fragt: »Und?«

»Und was?«

»Wie geht es Jesse?«

Das war ja klar. Das Getue von wegen *Ich mach mir Sorgen um dich* war nichts als heiße Luft. Jetzt ist die wahre Isabelle wieder am Start.

Sie sagt: »Man sagt ja, kleine Männer sind nicht überall klein.«

Verena sieht Isabelle ins Gesicht. Mitten rein. Wie hässlich sie bei genauerem Hinsehen ist. Das Einzige, was an ihr leuchtet, ist die Schminke. »Du bist echt so primitiv«, sagt Verena. »Ich hoffe, mein Bruder wird bald merken, was für ein Miststück du bist.« Sie lässt Isabelle stehen und geht zu den anderen. Zu Tom, der ihre Hand nimmt, ohne sie anzusehen. Vor dem sie das Display versteckt, als sie erneut nachsieht, ob eine Nachricht eingetroffen ist. Sie fragt sich, warum sie nicht aufhören kann nachzusehen.

Tom ist müde, auf eine Art, die ihn nicht schlafen lassen wird.

Rollo bläst zum Aufbruch: »Abmarsch! Hier ist tote Hose. Wir wechseln das Etablissement!«

Felix und Anna sind sofort zur Stelle.

Isabelle sagt etwas in Rollos Ohr. An Rollos Gesichtsausdruck kann Tom ablesen, dass ihm das Gesagte nicht gefällt. Rollo greift nach Isabelles Hand, sie entzieht sie ihm. Isabelle wird nicht mitkommen. Sie trinkt ihr Glas aus, winkt in die Runde. Tom kann Verena ansehen, dass sie erleichtert ist.

Verena holt ihr Handy aus der Tasche. Schon wieder. Das Licht des Displays beleuchtet ihren Mund. Er ist zu einem Lächeln verzogen. Einem, das Tom nicht sehen möchte. Weil er nicht weiß, wem es gilt. Tom greift nach Verenas Arm. Sie versteckt das Handy hinter dem Rücken. Er tut so, als habe er es nicht bemerkt. Er sagt: »Mir ist nicht so gut. Was dagegen, wenn ich nicht mehr mitkomme?«

Und sie antwortet, ohne zu zögern, fast, als habe er ihr einen Gefallen getan: »Kein Problem.«

Verena bleibt vor der Tür stehen, in der die anderen gerade verschwinden wollen. Irgendein neuer Schuppen. Sie sagt: »Sorry, Leute. Ich hab es mir anders überlegt. Ich geh auch nach Hause.«

»Ich bin echt umgeben von Schlaftabletten«, motzt Rollo.

Anna sagt: »Sie will zu ihrem Schatz. Ist doch süß.«

Nachdem alle umarmt sind, steht Verena alleine auf dem Gehsteig. Sie geht nach links. Richtung Innenstadt. Sie gibt die Adresse ins Navi ein und folgt dem Pfeil in die Nacht.

Es ist nicht einmal weit. Nach zehn Minuten steht sie vor der Tür eines Clubs, in dem sie noch nie war, erklärt dem Türsteher, dass sie auf der Gästeliste der Band steht, und wird eingelassen. Auf der Bühne wird abgebaut. Verena sieht zur Bar. Sieht Jesse im Kreis seiner Bandkollegen, umringt von irgendwelchen Frauen. Keine Mädchen. Richtige Frauen. Die auf Jesse stehen. Die alle nichts lieber wollen, als mit Jesse nach Hause zu gehen. Verenas Herz klopft. Sie geht auf die Bar zu. Vielleicht hat er den Ring gefunden. Vielleicht nicht. Als wenn es darum noch gehen würde.

Jesse entdeckt sie. Er streckt die Hand aus, zieht Verena an sich, gibt ihr einen Kuss, sagt zu den anderen: »Darf ich vorstellen: Verena.«

Tom folgt Isabelle. Als ob das jetzt zu seinem Leben dazugehören würde. Als ob er den Auftrag hätte, das ein ums andere Mal zu tun. Ihre Absätze klappern auf dem Asphalt. Bei jedem Schritt schreiben ihre Hüften Achten in die Luft. Sie bleibt stehen. Auch Tom bleibt stehen. Er könnte in einem Hauseingang verschwinden, tut es aber nicht. Bis sie sich langsam umdreht und ihm, trotz der Entfernung, direkt in die Augen sieht.

»Ist das so eine Art Vorspiel?«, fragt sie.

Er wird rot. Er benimmt sich wie ein Idiot. Als lege er es darauf an, von ihr erwischt zu werden. Für Ausreden ist die Situation viel zu eindeutig. Die Verfolgung war nur der Vorwand für das Entdecktwerden.

»Ich weiß auch nicht, wieso ich dir dauernd folge«, sagt er.

»Weil du auf mich stehst, aber das nicht einfach sagen kannst.«

Sie hat recht. Natürlich hat sie das. Er steht auf sie. Er sagt: »Ich bin aber nicht in dich verliebt, falls du das denkst.«

»Ich bin auch nicht in dich verliebt, falls du das denkst.« Sie lacht, kommt näher, bleibt dicht vor ihm stehen, sagt: »Ich mag, wie sich deine Küsse anfühlen. Und ich würde gern wissen, wie sich der Rest anfühlt. Spricht da irgendwas gegen?«

Er wünschte, sie würde ihn das nicht fragen. Ihm diese Entscheidung einfach abnehmen.

Sie sagt, als habe sie seine Gedanken gelesen: »Dann gehen wir zu dir.«

»Nein! Das geht nicht.«

»Und wieso nicht?«

»Bei uns ist im Moment nur Chaos.«

»Du möchtest nicht, dass uns jemand zusammen sieht.«

»Stell dir vor, Rollo kriegt mit, wie du das Haus verlässt.«
»Stell dir vor, Verena kriegt mit, wie ich das Haus betrete.«
»Ja.«

Verena hat die Filme nicht gesehen, über die geredet wird. Sie kennt die Restaurants nicht, von denen sie schwärmen. Die Jobs und die Uniseminare, die sie stressen. Die Kunst, die sie lieben. Sie weiß nichts von Politik, Kultur, Philosophie. Sie fühlt sich wie im Unterricht, wenn sie die Hausaufgaben nicht gemacht hat. Jesses Hand liegt an ihrer Hüfte. Ab und zu zieht er sie an sich. So hat sie sich den Abend nicht vorgestellt. Irgendwann fragt sie: »Hast du meinen Ring gefunden?«
»Nein, leider nicht. Ist er wertvoll?«
»Für mich ja.«
Er streicht ihr die Haarsträhne aus dem Gesicht. Obwohl es ihr lieber wäre, sie bliebe da, wo sie ist. Er fragt: »Alles gut bei dir?«
»Klar.« Sie rutscht vom Barhocker, geht zum Klo, verschwindet in einer Kabine und setzt sich auf die geschlossene Klobrille. Sie wartet. Worauf, weiß sie nicht.

Tom wundert sich. »Rollo auch nicht?«
»Rollo auch nicht.«
»Und wieso nimmst du nie jemanden mit zu dir?«
»Ist so ein Prinzip.«
»So wie dich keiner, den du kennst, singen hören darf?«
Sie sieht ihn an. »Denk nur nicht, dass du auch bei meiner Wohnung eine Ausnahme bekommst.«

Tom fragt sich, wieso Isabelle so viele Geheimnisse hat. Was ihr das bringt. Warum ihn das anzieht. Und ob Verena wohl auch Geheimnisse hat. Alte. Neue. Tom fragt: »Wo gehen wir eigentlich hin?«

»Nicht zu dir und nicht zu mir.« Sie zieht ihn an der Hand durch die Stadt. Bis sie vor dem Club landen, wo sie gestern gesungen hat. Sie werden sofort eingelassen. Heute spielt die Band ohne Sängerin.

»Willst du singen?«, fragt Tom. Er spürt Erleichterung und Enttäuschung.

Isabelle lacht.

Sie gehen in den hinteren Bereich der Bar. Eine unscheinbare Tür führt in den Keller. Bierfässer, kaputte Stühle, ein ausrangierter Flipper.

»Wo gehen wir hin?«, fragt Tom.

»In meinen Unterschlupf.«

»Wohnst du etwa hier?«

»Nur, wenn ich nicht mehr nach Hause fahren will.«

Isabelle öffnet eine weitere Tür. Der Raum ist klein. Auf dem Boden liegt eine Matratze. Auf einer umgedrehten Obstkiste steht eine Kerze, von der so viel Wachs getropft ist, dass sie ihren Umfang verdreifacht hat. Isabelle zündet sie an.

Sie setzen sich auf die Matratze. Isabelles Hand fasst um Toms Hüfte, rutscht mit der Hand zu seinem Po. In der Gesäßtasche steckt sein Handy. Sie zieht es heraus, legt es auf die Obstkiste. Dann ist ihre Hand wieder an seinem Hintern und prüft die Konsistenz. Sie blickt ihn an. Ganz deutlich ist es in ihren Augen zu sehen. Es wird jetzt passieren. Einfach so. An diesem Ort. Wenn er es zulässt.

Tom sagt: »Ich muss mal eben pinkeln.«

Isabelle lacht. »Tu, was du nicht lassen kannst.«

Er stolpert, als er die Treppe hoch zurück in den Barraum hastet. Die Band hat keinen Schwung heute. Die Leute halten sich an ihren Gläsern fest und warten, dass etwas passiert. Bei Tom passiert viel zu viel auf einmal.

Verena hört Jesses Stimme durch den Waschraum hallen. »Verena? Bist du hier?«

Sie möchte sich mucksmäuschenstill verhalten. Sich auf die Klobrille stellen, damit er ihre Füße nicht sieht, wenn er unter dem Türspalt in die Kabine schaut.

»Verena?«

Sie hört, dass er wieder geht, tastet nach ihrem Handy. Als wenn es für alles Lebenslagen darin eine App gäbe. Sie schreibt eine Nachricht: *Tom, vielleicht war das alles eine totale Scheißidee mit der Auszeit.*

Sie löscht die Nachricht. So wie es da steht, ist es nicht richtig. Sie weiß nicht mehr, was richtig ist. Vielleicht weiß Tom es noch. Sie wählt seine Nummer. Das Gespräch wird angenommen.

»Hallo?« Es ist nicht Tom. Es ist Isabelles Stimme.

Verena denkt tatsächlich für einen Moment, dass sie sich verwählt hat. Obwohl sie Isabelles Nummer nicht mal hat. Obwohl sie ganz sicher ist, dass sie Toms Nummer gewählt hat. Sie denkt es einfach nur, weil sie im ersten Moment nichts anderes denken kann. Nicht das, was zu denken am naheliegendsten wäre.

»Verena?«

»Ist Tom da?«

»Auf dem Klo.«

Zeitverzögert bahnt sich ein Gefühl an. Es schäumt im Bauch und versteift Verenas gesamte Muskeln. Verena sagt: »Okay.« Obwohl nichts okay ist. Gar nichts. Und drückt das Gespräch weg.

Tom zieht die Tür hinter sich zu. Er ist wieder da.

Isabelle raucht.

Er setzt sich nicht.

Sie zieht die Augenbrauen hoch, merkt gleich, dass sich zwischen eben und jetzt etwas verändert hat.

»Was ist los?«

»Ich weiß nicht.«

»Schlechtes Gewissen?« Sie lehnt sich zurück, sieht ihn an wie etwas, das amüsant und lächerlich zugleich ist. »Dann wird sie um eine Erfahrung reicher sein als du.«

Tom muss gar nicht nachfragen, sie sagt es ihm direkt.

»Hat sie dir schon von Jesse erzählt? Ist ein netter Kerl, finde ich. Habe ihn mal kennengelernt. Ist schon eine Weile her. Na ja, er ist nicht so heiß wie du. Eben ein ganz anderer Typ.«

»Wann hast du ihn kennengelernt?«, fragt Tom und spürt, wie sich alles in ihm zusammenzieht, um im nächsten Moment zu bersten.

»An dem Tag, als ihr eure Noten bekommen habt.«

Verena ist vom Klo zurück. Jesse sieht sie an, streicht ihr die Strähne aus dem Gesicht. »Du siehst irgendwie konfus aus.«

Verena nimmt ihm das Glas aus der Hand, trinkt es leer.

»Wow, wow, wow. Langsam.«

»Wieso?« Sie winkt dem Barkeeper. Bestellt noch mal dasselbe. Für sich und für ihn. Die Strähne ist schon wieder vorne.

Er schiebt sie erneut weg. »Ist was passiert?«

»Was soll denn passiert sein. Ich war pinkeln.«

Er forscht in ihrem Gesicht, kann sich keinen Reim darauf machen. Wie auch. Er weiß ja nicht, was Verena jetzt weiß. Und wenn er es wüsste, für ihn würde es keine Rolle spielen.

Die Getränke kommen. Verena trinkt gierig.

»Sollen wir vielleicht von hier abhauen?«

»Auf jeden Fall!« Verena hat das Glas leer. Sie will nach Jesses greifen, aber er hält sie ab.

»Das reicht. Ich will dich nicht den ganzen Weg tragen.« Er lächelt.

Er hat ein nettes Lächeln. Ja, wirklich. Ein netteres als Tom. Tom kann sich sein Lächeln irgendwohin schieben.

Jesse sagt: »In deinem Alter trinken alle, als gäbe es kein Morgen mehr. Dabei verpasst man das Jetzt, wenn man betrunken ist.«

Jesse bezahlt. Die Verabschiedung dauert Verena viel zu lange. Sie wird von Leuten umarmt, die sie nicht kennt. Nicht kennen will. Sie will jetzt nur noch hier raus. Zu Jesse. Tom ist bei Isabelle. Und Verena ist bei Jesse. So einfach ist das.

Die Nacht ist kühl. Jesse legt ihr seine Jacke um die Schultern. Den Arm darüber. Seine Schritte sind exakt so groß wie ihre. Toms Schritten muss Verena hinterherhechten, zwei machen, wenn er einen macht. Mit Jesse geht sie im Gleichschritt.

Tom schwitzt. Auch Isabelles Haut ist mit einem feuchten Film überzogen. Keine frische Luft kommt in den Raum, die verbliebene wird von ihrem schnellen Atem aufgebraucht. Isabelle zieht Toms Kopf zu sich, schlängelt ihre Zunge um seine. Er hat ihr das Oberteil ausgezogen. Sie ihm seins. Sie ist aus ihrem Rock geschlüpft. Er aus der Hose. Nur die Unterwäsche haben sie noch an. Fremde Gerüche. Fremde Bewegungen. Es ist, wie in ein exotisches Land zu reisen. Eins, dessen Sprache Tom nicht spricht, dessen Spezialitäten er nie gekostet hat, dessen Sitten ihm nicht vertraut sind. Es hat nichts mit dem zu tun, was bisher war. Es ist etwas völlig anderes. Er ist ein völlig anderer. Einer, der nicht mehr denkt. Weil denken zu nichts führt. Und das hier mit Denken nichts zu tun hat. Und Verena auch nicht denkt. Weil sie bei diesem Jesse ist.

Verena ist das zweite Mal hier und hat deshalb das Gefühl, sich besser auszukennen. Sie weiß, dass das Waschbecken und die Badewanne hinter dem Paravent versteckt sind. Dass die Rohre rauschen, wenn im Stockwerk darüber die Klospülung geht. Dass sie sich mit Jesse auf das große Bett legen wird und die traurige Asiatin ihnen zusehen wird.

»Du bist so still«, sagt Jesse. Er steckt den Schlüssel ins Schloss. »War es doof für dich heute Abend?«

»Ehrlich?«

»Immer.«

»Ihr redet über Sachen, von denen ich keine Ahnung habe. Und die mich auch nicht interessieren.«

»Das tut mir leid.« Er sieht zerknirscht aus. »Worüber würdest du gern reden?« Er öffnet die Tür, lässt sie vor ihm eintreten, macht das Licht an.

Verena hat keine Ahnung, worüber sie reden möchte. Sie möchte überhaupt nicht reden. Weil alles, was ihr einfällt, etwas mit Tom zu tun hat, der bei Isabelle ist. »Lass uns einfach gar nicht reden. Lass uns da weitermachen, wo wir gestern aufgehört haben.«

Tom sieht Isabelle nach. Die in der Dunkelheit verschwindet. Wie immer. Als gehöre es zu ihrer Natur, aus dem Nichts zu erscheinen und im Nichts wieder zu verschwinden.

Als sie weg ist, kann er wieder atmen.

Tom dreht sich um, geht automatisch in die andere Richtung. Obwohl er nicht weiß, ob es die richtige ist. Nicht einmal, wohin sie führt. Am Ende wohl nach Hause. Wohin auch sonst. Aber noch will Tom nicht. Noch lässt er sich von der Nacht durch die Straßen schieben. Nur noch wenige Menschen sind unterwegs. Tom hat das Gefühl, dass sie ihn mustern. So wie er sie. Die Frage stellt sich automatisch: Was macht jemand um diese Zeit noch auf der Straße? Ob irgendjemand erlebt hat, was Tom erlebt hat? Ob sie es ihm ansehen? Ob sein Körper sichtbar vibriert? Immer noch. Ob sich überhaupt jemand vorstellen kann, was Tom erlebt hat? Er ist so voll davon, dass er es teilen möchte. Aber das kann er nicht. Nicht mit Felix. Nicht mit Rollo. Nicht mit Verena. Der er immer alles erzählt.

Verena sucht ihren Schuh. In unmittelbarer Umgebung des Betts ist er nicht zu finden. Er muss geflogen sein. So wie sie. Verena legt sich auf den Boden. Sieht unter dem Sofa nach. Da liegt er. Sie zieht ihn hervor, will schon wieder aufstehen, als ihr der Ring einfällt. Als wenn vorher alles in ein schwarzes Loch gesaugt worden wäre, ist der Gedanke jetzt wieder ganz präsent.

Im Raum ist es dunkel. Nur die Straßenbeleuchtung spendet fahles Licht. Verena will keine Lampe anschalten, um Jesse nicht zu wecken. Also tastet sie mit der Hand den Boden ab. Sie findet eine Pistazie. Einen Zettel mit einer Nummer. Einen Stift. Keinen Ring.

Sie zieht den Schuh an. Jetzt ist sie fertig. Jetzt könnte sie gehen. Sie geht aber nicht, sondern stellt sich ans Bett und sieht auf Jesse hinunter. Wenn er schläft, sieht er jünger aus. Genauso jung wie sie. Aber das ist er nicht. Er hat etliche Jahre mehr gelebt als sie. Etliche Dinge mehr erlebt. Eins davon hat auch sie jetzt erlebt.

Tom steht auf dem Gehweg vor dem Haus. Noch ist es dunkel. Noch sind die Vögel still. Noch sieht es aus, als würde die ganze Welt schlafen. Als wäre alles in Ordnung. Tom schließt die Haustür auf. Aus der oberen Etage sind Geräusche zu hören. Tom sieht Licht. Er geht die Treppe hinauf. Die Geräusche kommen aus dem Elternschlafzimmer. Als er an die halb offene Tür tritt, sieht er Sigrid am Schrank. Sie hebt ganze Stapel Wäsche aus den Regalen, balanciert sie zum Bett und verstaut sie in einen Umzugskarton.

»Gehst du?«

Sigrid erschrickt. »Tom!«

»Ist das eine Nacht-und-Nebel-Aktion? Wolltest du mir wenigstens Bescheid sagen?«

»Natürlich!« Sigrid lässt die Arme hängen. Nur die Finger greifen nach etwas, das nicht da ist. »Dein Vater ... Wir ...«

»Hat er dich rausgeschmissen?«

»Er findet es besser, wenn wir im Moment Abstand halten.«

»Wo ist er?«

Sigrid antwortet nicht.

»Hat er dir bis zum Morgengrauen ein Ultimatum gesetzt, oder was soll das?« Tom deutet auf die Umzugskartons. Es gibt eine Menge. »Nimmst du das alles mit ins Hotel?«

Sigrid schüttelt den Kopf. »Bernd hat eine Wohnung.«

Tom muss lachen. »Seit wann?«

»Seit gestern.«

»Wow. Das geht ja echt alles im Zeitraffer.« Tom kann nicht anders. Sein Ton trieft vor Sarkasmus. »Na, dann gratuliere ich herzlich.«

»Tom!« Sigrid streckt die Hände nach ihm aus. So zaghaft, als wüsste sie schon, dass er sie nicht ergreifen wird. »Ich habe das so nicht gewollt.«

»Nein?« Tom lacht wieder. »Wer denn?«

Sigrid setzt sich zwischen die Kartons auf das Bett. Sie sieht mit einem Mal winzig aus. Sie sagt: »Wenn das Vertrauen einmal weg ist ...« Sie starrt vor sich. Auf den Teppichboden, den sie nicht haben wollte, auf dem Hannes aber bestanden hat. »Seit dein Vater damals ...« Sie nickt. Nicht für Tom. Für sich. Ihren Gedanken zu.

Verena sieht die beiden Häuser, die sich aneinanderschmiegen wie siamesische Zwillinge. Die Sonne ist noch nicht zu sehen, aber ihr Licht gibt der Welt ihre Farbe zurück. Toms Haus ist gelb, ihres weiß. Früher waren beide weiß. Im gelben Haus brennt Licht. Im weißen nicht.

Sie schließt auf. Sobald sie drin ist, kommt es ihr vor, als wäre etwas anders. Sie kann nicht sagen, was. Aber das Gefühl ist deutlich. Dann sieht sie es: Bernds Jacken hängen nicht an der Garderobe. Seine Schuhe stehen nicht darunter. Sein Schlüssel liegt nicht auf der Anrichte. Sie geht nach oben. Geht ins Bad. Bernds Zahnbürste ist nicht da. Sein Rasierzeug fehlt. Sein Nagelknipser. Verena legt das Ohr an die Tür des Schlafzimmers. Bernds Schnarchen fehlt.

Sie öffnet die Tür zu Rollos Zimmer. Er schläft, sieht friedlich aus. Wie einer, der keine Ahnung hat. Davon, dass die Frau, in die er verliebt ist, mit seinem besten Freund Dinge macht. Dinge, von denen Verena nichts weiß. Zu denen Verena keine Bilder findet. Sie setzt sich auf die Bettkante. Es ist ewig her, dass sie auf dieser Bettkante gesessen hat. Sie kann sich eigentlich an kein einziges Mal erinnern. Sie fasst Rollos Schulter, schiebt sie leicht hin und her. Flüstert: »Rollo.«

Er schmatzt. Er knurrt. Er wehrt sich gegen das, was ihn da aus dem Schlaf katapultieren will.

»Rollo. Wach mal auf.«

Er wirft sich auf die andere Seite, krümmt sich zusammen, als könne er sich klein genug machen, um seinem Schicksal zu entgehen.

»Rollo! Aufwachen!«

Er ist wach. Dreht sich zu ihr. Mit einem Blick, der töten könnte. »Brennt es, oder was?«

»Wo ist Papa?«

Rollo setzt sich auf. »Weg. Mit Sack und Pack. Ging ratzfatz, alles einzupacken. Schon komisch, dass er nur so wenig hat.«

»Wo ist er hin?«

»Er hat eine Wohnung.«

»Wie bitte?«

»Wusste auch nicht, dass das so schnell gehen kann.«

»Mit ihr?«

»Mit ihr.«

»Mir was zu sagen, hat er wohl nicht für nötig gehalten.«

»Wollte er. Aber du warst ja nicht da. Und Mama hat ihm echt Feuer unterm Hintern gemacht. Die hätte am liebsten seinen ganzen Kram aus dem Fenster geschmissen. Hat richtig getobt. Voll geisteskrank. Ich glaube, die dreht durch. Echt.«

»Sie fängt sich schon.«

»Du kannst jedenfalls froh sein, dass du bald weg bist.« Rollo trinkt auf nüchternen Magen aus einer Colaflasche, die ohne Verschluss auf seinem Nachttisch steht. »Vielleicht zieh ich auch aus. Wenn sie dir eine Wohnung finanzieren, dann können sie mir auch was geben. Oder ich schmeiß die Schule und such mir einen Job.«

»Bist du bescheuert?«

»Wieso? Wird doch eh ein Schrottabi, wenn ich es überhaupt schaffe.«

»Besser Schrott als gar nicht.«

»Ich zieh einfach zu Isabelle.«

In Verenas Bauch zieht sich was zusammen. Sie muss den Oberkörper leicht vorbeugen, um es auszuhalten.

Rollo gefällt seine Idee. »Wieso nicht. Das mit uns ist auch was Ernstes. Und ich hab nicht vor, es zu versauen. Wofür hat man schließlich Eltern, die einem vormachen, wie man es falsch macht. Isabelle ist jedenfalls keine, die irgendwann die Lust auf Sex verliert. Bei der muss ich mir niemand anderes suchen, um nicht einzugehen.«

Verena pustet Luft aus.

»Alles klar?«

»Irgendwie Magen.« Verena steht auf. Sie muss zuerst Tom zur Rede zu stellen, bevor sie Rollos Seifenblase zersticht.

10

Tom hört das Telefon klingeln.

Er nimmt ab. »Hallo?«

»Tom?«

»Hallo, Inge.«

»Ich wollte euch einladen.« Sie hört sich aufgekratzt an. »Zum Grillen. Heute soll es richtig heiß werden. Zum Grillen wie geschaffen. Sagst du Hannes, er soll Anzünder mitbringen? So gegen sieben? Das wird schön. Nicht wahr?«

»Ja.« Tom kann sich nicht vorstellen, wie das schön werden soll. Ohne Sigrid. Ohne Bernd. Die Vorstellung, Verena zu sehen, lässt ihm einen Schauer über den Rücken laufen. Dass er einmal Angst davor haben würde, ihr zu begegnen.

Inge sagt: »Super. Ich freu mich.« Sie lacht. So wie sie jetzt wohl immer lacht. Sie will Normalität schaffen, wo keine mehr ist. Tom kann sie verstehen. Wenn er wüsste, wie, würde er es genauso versuchen.

Verena sieht Inge dabei zu, wie sie im Schrank nach Töpfen kramt. Als würde von diesem beschissenen Grillabend alles abhängen. Verena wechselt einen Blick mit Rollo. Der verdreht die Augen.

Inge quasselt, als habe sie sich die ganze Nacht über Sätze überlegt, die sie um sich werfen kann. »Spieße oder lieber Burger? Kräuterbutter oder Dip? Kerzen oder Lampions?«

Verena hört sie nur noch als Rauschen im Hintergrund. Sie denkt an Tom. Sucht nach Worten, mit denen sie ihn zur Rede stellen, die Wahrheit aus ihm herausholen, erfahren wird, was sie nicht erfahren will. »Ich geh mal rüber«, sagt Verena. Sie kann es nicht mehr herauszögern. Sie muss jetzt Gewissheit haben.

Tom hört Verenas Stimme. Sie spricht mit Hannes im Erdgeschoss. Tom hat nicht mit ihr gerechnet. Hat damit gerechnet, dass er derjenige sein würde, der entscheiden muss, wann er ihr gegenübersteht. Er spannt die Muskeln an. Als müsste er einen Panzer aus ihnen formen, sich wappnen für das, was jetzt kommt. Er hat keine Ahnung, was das sein wird.

Verena kommt die Treppe hoch, steht vor seiner Tür. Steht so lange da, als müsste auch sie sich wappnen. Dann klopft sie. Obwohl sie nie klopft.

»Herein.«

Sie öffnet die Tür. Er sieht auf den ersten Blick, dass sie wütend ist. Wütend auf ihn. Sie sagt: »Bist du gestern Abend nach Hause gegangen?«

»Nein.« Lügen macht keinen Sinn. Sie fragt rhetorisch. Sie weiß, dass er nicht nach Hause gegangen ist.

»Wo warst du?«

»Ich war noch unterwegs. Musste mal für mich sein.« Er spürt, wie er in die Falle tritt.

»Für dich. Soso.« Sie lacht. Wie jemand lacht, der maßlos enttäuscht ist. Von ihm.

Er sagt: »Ich habe dann noch zufällig Isabelle getroffen.« Woher auch immer Verena weiß, was sie weiß, er muss ihr den Wind aus den Segeln nehmen. Er muss Oberhand gewinnen. Er muss den Spieß herumdrehen, um nicht unterzugehen. »Und du? Hast du noch Jesse getroffen?«

Verenas Stimme ist unsicher. »Wen?«, fragt sie. Und weiß doch genau, wer Tom von Jesse erzählt hat.

»Wieso sagst du mir nicht, dass du schon jemanden kennengelernt hattest, bevor wir die Auszeit vereinbart haben?«

»Wieso erzählst du mir nicht, dass du was mit Isabelle hast?« Verena muss es so sagen. So und nicht anders. Auch wenn alles in ihr hofft, dass sie falschliegt.

»Ich hab doch nichts mit ihr! Denkst du, ich fang was mit Rollos Freundin an?«

Genau das hat Verena gedacht. Und jetzt weiß sie nicht mehr, was sie denken soll. »Sie ist so eine.«

»Eine was?«

»Eine, die so was macht.« Aber Tom ist nicht so einer. Sie kennt ihn. Auch wenn sie sich gerade nicht mehr auskennt.

Tom sieht wütend aus. Wie einer, der zu Unrecht beschuldigt worden ist. Verena fühlt sich schlecht.

Tom fragt: »Und, war es gut mit diesem Jesse?«

Verena schüttelt den Kopf. Nicht, weil sie Nein sagen will. Sie will nicht lügen. Sie will nicht sagen, dass nichts passiert ist. Dass es schlecht war. Sie sagt: »Wir hatten doch verabredet, wir reden nicht drüber.«

Tom schnaubt. »Also hast du.«

Verena schweigt. Hinter ihren Augen steigt der Druck. Das Schlucken fällt schwer. Wie hat sie auch denken können, dass eine Auszeit einfach so funktioniert. Ohne Verletzungen. Ohne Wut. Ohne Eifersucht.

Verena streckt die Hand aus. Sie haben sich noch nicht berührt, seit sie ins Zimmer getreten ist. Es kommt ihr wie eine Ewigkeit vor. Tom rührt sich nicht. Aber Verena lässt die Hand nicht sinken, bis er seine in ihre legt. Sie zieht ihn näher. Bis sie ihn umfangen kann. Ihr Körper schmiegt sich an seinen, als würden zwei Teile eines Puzzles ineinandergesteckt.

Tom sieht auf Verenas Scheitel. Auf den Wirbel, der ihn aus der Bahn bringt. Verena löst das Gesicht von seiner Brust, sieht zu ihm hoch. Sie sieht aus, wie sie aussieht, wenn sie geweint hat. Sie sieht schön aus. Auch er hat geweint. Ohne ein Geräusch, genau wie sie. Sie haben nicht gesprochen. Sich nur umarmt. Sie wissen auch so, was im anderen vorgeht. Dasselbe. Tom küsst Verenas Stirn. Er rechnet nicht damit, dass ihr Mund an seinen drängt. Aber sie küsst ihn. Wild und fordernd. Mit dem Geschmack von Tränen.

Verena sagt: »Ich liebe dich.«

Und er sagt: »Ich liebe dich auch.« Es ist so wahr, wie etwas wahr sein kann. Sie ist die Liebe seines Lebens. Er wird das mit Isabelle beenden. Muss nicht mal etwas beenden. Weil es nichts ist, das beendet werden muss. Er will so einer nicht sein. Der mit der Freundin seines besten Freundes rummacht. Der seiner Freundin sagt, dass nichts läuft, obwohl alles gelaufen ist. Er will einer sein, der sich an die Regeln hält. Und der Verena liebt.

»Lass uns Anna und Felix anrufen und zum See fahren«, sagt Tom. »Lass uns Spaß haben und den ganzen Mist vergessen.«

Verena hält das Gesicht in die Sonne. Sie brennt vom Himmel, als wäre heute der Höhepunkt des Sommers. Tom will ein Wettrennen. Also bekommt er eins. Verena tritt in die Pedale. Sie weiß, dass sie gegen ihn keine Chance hat. Sie weiß, dass er nicht alles gibt, damit sie eine hat. Selbst der Wind, der Verena das Haar aus dem Gesicht peitscht, ist warm. Die Straße vor ihnen verliert die Kontur, flimmert in der Hitze. Hier fahren keine Autos mehr. Hier ist die Stadt zu Ende. Verena wagt ein Überholmanöver. Tom hat nicht damit gerechnet. Sie kann bis auf Lenkerhöhe aufschließen.

»Du willst es wirklich wissen, was?« Er lacht, lässt die Hände los, streckt sie aus, schreit, während sie ihn überholt: »Deine Rückansicht ist mir sowieso viel lieber!«

Sie hebt den Po vom Sattel, streckt ihn hoch. Schiebt ihr Rad vor seins, fährt Schlangenlinien, damit er nicht vorbeikann. Erst als sie es will, macht sie Platz, streckt die Hand aus. Tom greift danach. Sie fahren jetzt langsamer. Ohnehin sind sie bald da. In der Ferne sind schon die Bäume, die das Baggerloch säumen, zu sehen. Dann Fahrräder. Daneben Felix und Anna. Felix hat einen Gettoblaster geschultert, Anna eine Kühlbox in der Hand. Verena kommt es vor, als habe sie diese Szene schon hundert Mal gesehen.

Tom atmet ein. Es riecht nach Wasser und allem, was sich darin befindet.

Felix sagt: »Jemand hat den Zaun geflickt.« Er deutet auf die Stelle, an der sie all die Jahre illegal an den See gekommen sind.

»Und jetzt?«, fragt Tom. Er will nicht, dass es hier endet. Dass dieser Tag endet, bevor er richtig angefangen hat. Nicht dieser Tag. Nicht wegen eines bescheuerten Zauns.

»Wir können alles abgehen und gucken, ob es noch ein Loch gibt.«

»Wenn sie das hier geflickt haben, wieso dann nicht die anderen.«

»Was dann?«

Anna setzt sich auf die Kühlbox und verzieht den Mund. »Freibad ist höllevoll.« Sie denkt schon über Alternativen nach. Aber Tom will keine Alternativen. Es muss hier sein. Heute muss es hier sein. Wie immer. Mit ekligen Algen und Fischen, die in Zehen beißen. Mit blöden Sprüchen. Mit Ins-Wasser-Schmeißen und Untertunken. Das volle Programm.

»Wir machen es wieder auf.« Tom tritt gegen den Zaun.

»Das schaffst du nicht.« Felix hockt sich vor Anna, lehnt sich an ihre Beine.

Verena tritt ebenfalls gegen den Zaun. Sie lächelt Tom an. Sie will auch keine Alternative.

Verena legt die Hand über die Augen, um sich vor der Sonne zu schützen. Der Kiesstrand ist nur noch zwei Meter breit, den Rest hat das Gestrüpp erobert. Aber der See ist derselbe wie letztes Jahr. Wenigstens er hat sich nicht verändert. Verena zieht die Sandalen aus, stellt sich mit den

Füßen ins Wasser. Tom tritt hinter sie, legt die Arme um ihre Taille, den Kopf auf ihren.

»Voll schön«, sagt er.

»Echt«, sagt Verena.

Im nächsten Moment knallt Musik aus der Anlage. Anna und Felix rennen an Tom und Verena vorbei, mit Riesenschritten ins Wasser, klatschen rein, tauchen auf und schlagen auf die Oberfläche, damit Tom und Verena nass werden. Als wenn sie das nicht selber wollten.

Sie rennen ebenfalls hinein. Über den glitschigen Boden. Die Füße im Ungewissen. Ignorieren das Schleimige der Algen, bis sie keinen Boden mehr fühlen und schwimmen. Das Wasser ist herrlich. Felix macht einen auf toter Mann, Anna tunkt ihn unter, Verena schwimmt Rücken, Tom Delfin. Er sieht aus wie ein Tier, das seine Schwingen ausbreitet. Er schwimmt auf sie zu, taucht unter. Sie weiß, dass er jeden Moment vor ihr auftauchen wird. Sie weiß nur nicht genau, wann. Und wo er sie als Erstes berühren wird. Sie möchte, dass er sie berührt. So wie Tom sie berührt.

Tom pellt die Würstchen aus der Verpackung. Felix zündelt am Lagerfeuer, pustet, schiebt Stöcke hinein. Grillen ist Männersache. Anna und Verena haben sich auf den Handtüchern ausgestreckt. Von Verenas Haut perlt Wasser, glitzert in der Sonne. Sie sieht aus wie eine Meerjungfrau. Toms Meerjungfrau. Vielleicht ist es gut, dass es mit ihr nicht ist wie mit Isabelle. Das was mit Isabelle war, ist nichts für jeden Tag. Und Tom will sowieso nur mit Verena jeden Tag verbringen.

»Puste mal mit!« Felix gibt Tom einen Boxhieb gegen den Oberarm. »Deine Süße kannst du auch später noch anstarren. Aber dieses Feuer hier ist lebenswichtig. Ich verhungere.«

Tom pustet. »Ganz schön viele Würstchen.«

»Hunger eben!«

»Jeder zehn?«

»Rollo und Isabelle kommen doch noch.« Felix sagt das so, als müsste Tom das wissen. Tom hatte keine Ahnung.

Verena fragt Anna: »Fehlt es dir, dass du jetzt nicht mehr mit jedem, der dir gefällt, ausgehen kannst?«

»Nein!« Anna zögert keinen Moment. »Ich habe mich ausprobiert. Jetzt genieße ich es voll, dass Felix und ich fest zusammen sind.«

»Und kannst du dir vorstellen, für immer mit ihm zusammenzubleiben?«

»Im Moment schon. Aber es fühlt sich wahrscheinlich immer wie für alle Ewigkeit an, wenn man gerade frisch verliebt ist.«

»Dann könntest du nur noch mit Felix Sex haben.«

»Kann ich mir momentan gut vorstellen.« Anna grinst. »Aber meinst du, das gibt es überhaupt noch, dieses ›treu sein, bis dass der Tod euch scheidet‹? Ist das nicht irgendwie überholt - bei den vielen Ehen, die geschieden werden?«

»Meinst du? Es ist aber doch schön, wenn man sich auf den anderen verlassen kann.«

»Aber vielleicht kann man sich auf den anderen auch verlassen, wenn man ab und zu andere trifft?«

»Und wenn sich dann einer verliebt?«

Anna wälzt sich auf den Bauch. »Das wäre natürlich die totale Scheiße.«

Tom hört sie schon, bevor sie zu sehen sind. Rollos Gegacker. Isabelles Lachen. Es dringt durchs Gebüsch bis zum Strand. Tom spürt, wie sein Magen sich verkrampft. Wie sich alles verkrampft. Er sieht zu Verena. Noch hat sie nichts mitgekriegt. Sie spricht mit Anna. Die beiden sehen aus, als wären sie allein auf der Welt. So sehen nur Mädchen aus, wenn sie miteinander sprechen. Bei Jungs bleibt immer Platz für was Drittes.

Zuerst bricht Rollo durch die Äste, dann Isabelle. Sie trägt einen schwarzen Bikini, darüber lose ein langes durchscheinendes Hemd in Weiß. An den Füßen Sandalen mit Absatz. Wahrscheinlich hat sie keine Schuhe ohne.

»Wir legen gerade auf«, sagt Felix und deutet zu den Würstchen. »Getränke sind in der Kühlbox.«

Rollo bückt sich sofort danach. Isabelle ist jetzt die Einzige, die steht. Als wäre es ihr Auftritt. Sie zieht das Hemd aus. Erst jetzt ist der Bikini richtig zu sehen. Er besteht aus einem winzigen Stoffdreieck und einem String. Auch der Busen wird nur an den Brustwarzen bedeckt. Niemand kann etwas dafür, wenn er dorthin starrt. Felix starrt. Rollo sowieso. Sogar Anna. Und Verena. Da darf Tom auch starren. Mehr als starren wird er nicht mehr.

Verena bekommt schlechte Laune, allein durch Isabelles Anblick. Das ganze Sommergefühl ist weg. Das Cliquengefühl. Darunter das Kindheitsgefühl. Nur weil sie dasteht. In einem Fetzen Stoff. Weil sie ruft: »Wer kommt mit ins Wasser?« Als wenn es ihr Tag wäre. Als wenn alles allein ihr gehören würde.

»Ich muss erst innen alles nass machen«, sagt Rollo und setzt sich eine Dose an den Mund. Er wirft Tom eine zu. Und Felix. »Ihr Mädchen könnt uns ja was vorplanschen. Aber bitte schön unartig.«

»Du bist so ein Arsch.« Anna holt sich ebenfalls etwas zu trinken aus der Box.

Isabelle steht schon bis zur Hüfte im Wasser. Es sieht aus, als würden ihre Pobacken auf der Oberfläche treiben. Verena hat nicht die geringste Lust, mit diesen Pobacken zu konkurrieren. Sie wartet, bis Isabelle sich ganz ins Wasser gleiten lässt, dann steht sie auf und hechtet los. Sie muss die Gelegenheit nutzen, mit Isabelle allein zu sein.

Isabelle schwimmt weit raus. Verena folgt ihr. Die Situation ist seltsam. Als wäre alles nur eine Szene in einem Film. Verena weiß nicht einmal, wieso sie Isabelle hinterherschwimmt. Sich so ins Zeug legt, um aufzuholen. Als wenn sie irgendetwas von Isabelle hören würde, das ihr die letzten Zweifel aus dem Kopf räumt.

Tom kann Verena und Isabelle nur noch schwer ausmachen. Ihre Köpfe könnten auch Bojen sein, Enten, irgendetwas, das auf der Oberfläche treibt. Tom kann unmöglich erkennen, was sie tun. Ob sie reden. Er möchte wissen, was sie reden. Er möchte nicht, dass sie reden. Er möchte nicht, dass Isabelle redet. Er traut ihr nicht über den Weg.

Rollo lässt sich neben Tom in den Kies fallen und hält seine

Dose zum Anstoßen hin. Er seufzt zufrieden. »Hättest du das gedacht?«

»Was?«

»Dass wir zwei einmal hier sitzen und unseren Süßen beim Planschen zugucken.«

Tom sagt nichts. Er trinkt die Dose fast leer. Die Kohlensäure brennt im Hals.

»Ich hatte ja echt keine Ahnung.« Rollo lässt etwas in der Luft stehen, sodass Tom nachfragen muss.

»Wovon?«

»Dass es so geil sein kann, eine feste Freundin zu haben.«

Tom trinkt den letzten Rest aus der Dose. Es schmeckt nach Metall. Er könnte aufstehen, sich eine neue Dose holen. Aber er rührt sich nicht. Als würde er sich selbst nicht erlauben zu fliehen.

»Mir fehlt das nicht«, sagt Rollo.

»Was?«

»Andere Weiber.«

Tom sucht nach flachen Kieseln. Im Sitzen wird er sie nicht werfen können. Aber danach. Wenn das hier vorbei ist.

»Mir ist auch nie langweilig mit ihr.« Rollo lacht. »Wie auch, wo sie so voller Geheimnisse steckt. Aber das macht nichts. Ich vertraue ihr trotzdem. Sie sagt das zwar nie, aber ich glaube, sie findet mich genauso geil wie ich sie. Ich meine, so beziehungsmäßig geil. Also wenn das keine Beziehung ist, dann weiß ich es auch nicht.«

Tom wiegt einen Stein in der Hand. Den perfekten Stein. Er wird mindestens zehn Mal über die Wasseroberfläche titschen.

Verena spürt ihre Beine und Arme. Dieses Auf-der-Stelle-Schwimmen zehrt an den Kräften. Sie würde sich gerne an etwas festhalten. Aber hier ist nichts. Zurückschwimmen geht auch nicht. Wenn sie aufgibt, hat Isabelle gewonnen. Verena sagt: »Was soll ich dagegen haben, wenn Tom sich mit anderen Frauen trifft?«

»Manche sind da eifersüchtig.« Isabelle sieht nicht aus, als würde ihr das Schwimmen schwerfallen. Sie rührt sich kaum. Scheint irgendwelche Bewegungen unter Wasser zu machen, die effektiv und energiesparend sind. Das Wasser ist zu trüb, um sie zu sehen.

»Ich habe schließlich auch männliche Bekannte«, sagt Verena.

»Jesse zum Beispiel.«

»Felix zum Beispiel.«

»Dann hast du also nichts dagegen, wenn ich mich mit Tom treffe?« Isabelle lächelt.

»Tom ist erwachsen. Er darf allein entscheiden.« Verena will über den Dingen stehen. Aber in ihrer Stimme ist zu hören, dass das alles Bullshit ist. Sie möchte Isabelle verbieten, sich je wieder auf zehn Meter zu nähern. Tom. Und Rollo. Verena sowieso. Allen. Ihrem ganzen Leben. Das vor Isabelle einfacher war. Als wenn Isabelle an allem Schuld hätte. Sie schaut Isabelle direkt in die Augen, weil sie hofft, dass es so echter rüberkommt, und sagt: »Ich vertraue Tom voll und ganz. Er würde nichts machen, was mich verletzt.« Um die Füße zieht eine kalte Strömung. Verena spürt ein Ziehen im großen Zeh. Es könnte ein Krampf werden. Mit einem Krampf wird Verena schlecht schwimmen können. Isabelle lächelt immer noch. Immer gleich. Sie würde Verena vermutlich eiskalt ertrinken lassen.

Tom sieht Verena aus dem Wasser steigen. Sie humpelt. Irgendetwas stimmt mit ihrem Fuß nicht. Tom geht ihr entgegen. »Was hast du?«

»Wonach sieht es denn aus?« Verena blafft ihn an.

»Krampf?« Tom weiß nicht, was er tun soll. Was er noch tun darf. Nachdem Verena aus dem Wasser gestiegen ist, in dem Isabelle noch schwimmt, in dem sie mit Isabelle geredet hat. Worüber, das weiß Tom nicht. Isabelle treibt in Ufernähe. So nah, dass er ihr Gesicht sehen kann, ihre Blicke spürt.

Verena hat sich in den Kies fallen lassen, hantiert an ihrem Fuß herum. Rollo kniet sich neben sie, drückt den Fuß entgegen der Richtung, in die er krampfen will. Er weiß, was zu tun ist.

Tom kann nicht anders. Er fragt: »Und? Habt ihr euch nett unterhalten?«

Verena wirft ihm einen kurzen Blick zu, aus dem er nichts lesen kann.

»Besser?«, fragt Rollo.

»Ja, danke.« Verena dreht den Fuß im Kreis. Der Krampf scheint vorüber zu sein.

Tom fragt noch einmal. »Und, habt ihr euch nett unterhalten?«

»Mindestens so gut, wie du dich mit ihr unterhalten hast.« Verenas Ton ist giftig. »Und als Nächstes machen wir ein Treffen zu dritt. Und reden uns in den Himmel der Glückseligkeit.«

Verenas Handy klingelt. Sie krabbelt auf allen vieren zu ihrer

Tasche. Nach einem Blick auf das Display rappelt sie sich hoch, geht weg vom Feuer, wobei sie mehr das linke als das rechte Bein belastet. Sie möchte ungestört sprechen. Ungestört von Tom. Der immer noch im Dunkeln tappt.

Verena findet es seltsam, Jesses Stimme an diesem Strand zu hören.

Er fragt: »Stör ich?«

»Nein.«

»Wo bist du?«

»Am See.«

»Da wäre ich jetzt auch gerne.«

»Mach doch.«

»Ich hab Probe.«

»Ihr könnt doch alles.«

Jesse lacht. Als wenn Verena etwas gesagt hätte, das auch nur Verena sagen könnte. Er findet sie witzig. »Wir müssen ein paar alte Sachen auffrischen.«

»Warum?«

»Wir sind gebucht. Mit speziellen Wünschen.«

»Wow. Man kann euch auch so buchen?«

»Ich dachte, das wüsstest du schon.« Er lacht wieder. »Für uns springt aber auch was raus.«

»Ein Haufen Geld.«

»Der auch. Und eine coole Location.«

»Paris? London?«

»Nicht ganz. Aber Hauptstadt trifft es. Warst du schon mal in Berlin?«

»Einmal. Mit Familie. Da war ich zehn oder so.«

»Berlin ist der Hammer. Hättest du vielleicht Lust, mitzukommen? Ich sag einfach, du bist meine persönliche Assistentin. Dann fährst du für lau mit.«

Tom versucht, an Verenas Rücken zu erkennen, welche Art Gespräch das ist.

Felix ruft: »Feuerholz ist aus!«

»Ich hol welches!« Tom ist froh, den Ort verlassen zu können. Er verschwindet im Gebüsch, den Blick auf den Boden gerichtet. Viel Brennholz ist hier nicht mehr zu finden. Tom muss sich weiter ins Dickicht schlagen. Auf dem Boden liegen Kronkorken. Zigarettenstummel. Müll aus Zeiten, in denen der Zaun noch offen war. Jetzt kommt es Tom vor, als wäre das ewig her.

»Dahinten ist ein vertrockneter Strauch.« Plötzlich steht Isabelle vor ihm. Barfuß. Das Hemd wieder über dem Bikini, am Bauch geknotet. »Die Äste kann man leicht abbrechen.« Sie deutet ins Gebüsch.

Er geht ihr hinterher. Ein Teil von ihm hat damit gerechnet, dass sie ihm folgt. Jetzt kann er sie endlich fragen. »Hast du es ihr gesagt?«

»Nein.« Sie dreht sich um, sieht ihm ins Gesicht.

»Wirklich nicht?«

»Denkst du, ich lüge?«

Er weicht ihrem Blick aus. »Rollo jedenfalls hintergehst du.«

»Von mir aus kann er es wissen. Du bist derjenige, der das nicht will.« Sie steht jetzt direkt vor ihm, zwingt ihn förmlich, sie anzusehen.

»Ich will das nicht mehr.« Tom tritt einen Schritt zurück. »Es war wirklich ...«

»Was?«

»Eine tolle Erfahrung. Aber …«

»Aber?«

»Es geht einfach nicht.«

Isabelle wendet sich dem Busch zu, beginnt, Äste abzureißen.

Tom ist erleichtert. Es war ganz einfach. Und wieso auch nicht. Es war ein Spiel, aus dem jeder jederzeit aussteigen kann. Er sagt: »Ich denke, das reicht. Lass uns zurückgehen.«

Sie antwortet nicht, bricht weiter Äste ab. Er geht zu ihr, will ihr Gesicht sehen. Als er es sieht, möchte er wegsehen, kann aber nicht mehr. Ihre Wangen sind tränenüberströmt. Ihr Mund verzerrt. Tom fragt: »Was ist mit dir?«

Sie reißt weiter Äste ab, als könne sie nicht mehr damit aufhören. Als würde sie von einem inneren Zwang getrieben, der nicht eher Ruhe gibt, bis alle Büsche im Dickicht gerodet sind. Bis eine Wüste entstanden ist, in der nie mehr etwas wächst.

Er fasst nach ihrem Arm. »Hör auf!«

Sie starrt ihn an, als habe er sie geschlagen. Wutentbrannt. Sie sagt: »Das bin ich also für dich.«

»Was?« Tom hat die Orientierung verloren. Er weiß nicht mehr, worum es geht. Eben ging es noch um diese Sache, bei der niemand Schaden nimmt. Jetzt geht es um etwas anderes.

Sie sagt: »Nur raus damit!«

Tom weiß nicht, was sie hören will. Vielleicht, dass sie für ihn keine Schlampe ist. »Du bist nichts für mich. Also nichts –« Weiter kommt er nicht.

»Nichts!« Sie schreit es ihm entgegen. »Das bin ich also für dich. Ein Nichts!«

Verena sieht einen Fisch, der an der Wasseroberfläche treibt. Er muss tot sein.

Felix schimpft: »Na toll. Jetzt ist das Feuer aus. Kann doch nicht so schwer sein, ein bisschen Holz zu holen.«

Verena schaut ins Dickicht. Es regt sich nichts. Tom und Isabelle sind zusammen irgendwo da drin. Schon wieder zusammen. Verena hat ihre Zustimmung gegeben. Ganz klar und deutlich. Jetzt fragt sie sich, wie doof sie eigentlich sein kann. Und wie doof Tom eigentlich sein kann. Dass er nicht merkt, was für eine Isabelle ist. Und wie doof Rollo sein kann.

»Was hältst du von Isabelle?«, fragt Verena Anna.

»Ehrlich?«

»Was sonst.«

»Sie ist eine Bitch. Eine, die unbedingt wissen muss, dass sie bei jedem landen kann.«

Verena nickt. »Aber die Jungs stehen drauf.«

»Felix findet sie auch nuttig.«

»Echt?«

»Er sagt, so eine würde er nicht mal mit der Kneifzange anfassen.«

Verena sagt nichts. Sie denkt an die Blicke, die Felix Isabelle zugeworfen hat. Und an die, die sie bei Tom gesehen hat.

Tom sitzt auf dem Boden, neben dem Ästehaufen. Isabelle liegt an seiner Schulter. Er hält die Arme um sie geschlungen. Seine Haut ist feucht von ihren Tränen. Er weiß nicht, wie er in diese Position geraten ist. Nur, dass der Ast, der unter seinem Hintern liegt, drückt, er sich aber nicht rühren kann. Weil sie endlich aufgehört hat zu weinen. Und er nicht will, dass es wieder losgeht. Er fragt sich, ob Weinen bei ihr Spuren hinterlässt. Eine rote Nase. Geschwollene Augen. Ob alle direkt sehen werden, dass sie geweint hat, fragen werden, wieso.

Isabelle hebt den Kopf. Ihre Augen sind rot. Aber nicht geschwollen. Sie könnte auf etwas allergisch reagiert haben. Oder eine Fliege ins Auge bekommen haben.

Er fragt: »Besser jetzt?«

Sie zieht die Nase hoch. Nichts an ihr erinnert mehr an das, was Tom in ihr gesehen hat. Das Geheimnisvolle. Das Wilde. Das, was er unbedingt haben musste. Jetzt sieht sie aus wie ein Mädchen, das geweint hat. Das einzige Mädchen, das schön aussieht, wenn es geweint hat, ist Verena.

Isabelle sagt: »Ich habe morgen Abend nichts vor. Treffen wir uns in der Bar.«

Er sieht sie an. Sie meint es ernst. Als hätte er nie etwas gesagt. Als wäre unwichtig, was er gesagt hat.

Ihre Lippen suchen seine. Er kann nicht einmal den Kopf wegdrehen, weil ihre Hände seine Wangen fixieren. Nach dem Kuss sagt sie: »Ich weiß echt nicht, wozu ich fähig bin, wenn du mich enttäuschst.«

Verena sieht Tom und Isabelle aus dem Gebüsch kommen, die Arme voller Äste. Tom setzt sich neben Felix, nimmt eine Dose aus der Kühlbox, schaut Verena nicht an. Isabelle sieht komisch aus. Jedes Mal wieder anders komisch. Verena kann sich keinen Reim auf ihr Gesicht machen.

Die Sonne steht jetzt hinter den Bäumen, die den See

säumen. Ihr Licht ist orange. Der ganze See ist orange. Und sie alle sind auch orange. Der Kies ist immer noch heiß. Es könnte so perfekt sein. Aber das ist es nicht.

Verenas Telefon klingelt. Sie denkt, es ist Jesse, der wissen will, ob sie mit nach Berlin kommt. Sie wird Ja sagen, noch ehe er etwas von sich gibt. Aber auf dem Display ist ein Foto von Inge zu sehen.

Da fällt es ihr ein, siedend heiß. Der Grillabend. Verena sieht auf die Uhr, bevor sie das Gespräch annimmt. 20:30 Uhr. Sie fragt sich, wie sie das vergessen konnte. In welcher Verfassung Inge sein wird, wenn Verena sich jetzt meldet und sagt, dass es ihr schrecklich leidtut.

11

Tom beobachtet Isabelle. Jetzt sieht sie wieder aus, wie sie anfangs für ihn aussah. Sie steht da in einem viel zu kurzen Rock, diese Stiefel an, diese Pose drauf. Mitten im Gedränge der nächtlichen Stadt. Wie eine Erscheinung. Sie genießt jeden Blick, der sie trifft. Es sind wie immer viele. Und alle sehen nur, was sie ihnen zeigen will. Sie holt ihr Handy hervor. Das Display beleuchtet ihr Gesicht. Selbst auf die Distanz sieht Tom die Schminke. Isabelle sieht auf die Uhr. Er ist zu spät. Er möchte umdrehen, möchte gar nicht hier sein. Aber wenn er geht, dann verrät sie ihn. Also geht er nicht. Also geht er zu ihr.

»Du bist zu spät.«

»Sorry.«

»Macht ja nichts.« Sie legt die Arme um seinen Hals, gibt ihm einen Kuss.

Er möchte diesen Kuss nicht. Aber er muss ihn sich geben lassen. Er würde lieber einen Kuss von Verena bekommen. Den ganzen Tag schon wünscht er sich nichts anderes, als einen Kuss von Verena zu bekommen. Aber Verena ist nicht da. Sie ist über Nacht weg. In Berlin. Sie hat nicht gesagt, mit wem. Er hat nicht gefragt. Er weiß es trotzdem.

Verena steht backstage, sieht Jesse von der Seite. Als sie ihn das erste Mal auf einer Bühne gesehen hat, erschien es ihr unwirklich. Jetzt weiß sie, wer der Mann hinter dem Mikro ist. Sie hat ihn geküsst, seinen Körper angefasst, mit ihm geschlafen. Sie ist das Mädchen, das backstage steht und nach dem Konzert mit ihm weggehen wird. Dem Veranstalter hat er sie als seine Freundin vorgestellt. Sie hat nichts dazu gesagt. Sie hat es so stehen gelassen. Aber jetzt steht es ihr im Weg.

»Geht ihr nachher noch mit?«, fragt die Freundin des Gitarristen. Sie ist schwanger. Mit Zwillingen. Sie will mit dem Gitarristen zusammen ein Haus bauen.

»Ich weiß nicht.« Jesse wird das entscheiden. Es ist sein Gig. Seine Reise. Seine Freunde. Wenn Verena entscheiden könnte, würden sie nicht mehr mitgehen. Sie fühlt sich überflüssig. Schon wieder. Sie gehört nicht hierher. Das hätte sie auch vorher wissen können. Sie denkt an Tom, bei dem sie sich nie überflüssig fühlt. An Tom, der ihr nicht die Wahrheit sagt, oder doch. An Tom, der nicht weiß, dass ein anderer gesagt hat, sie sei seine Freundin.

Tom hört Isabelle zu. Sie singt. Was Tom vor Kurzem noch magisch erschien, sieht jetzt nur noch nach Show aus. Ihre Stimme ist durchschaubar. Sie will etwas erreichen mit ihr. Sie singt nicht, weil sie singen muss. Sie singt, weil sie gefallen muss. Wenn Verena singt, wimmelt es von falschen Tönen. Tom wünschte, er könnte sie jetzt singen hören.

Isabelle erntet Applaus, badet darin, wirft Blicke, die Männer treffen, die Isabelle mit Blicken ausziehen. Sie kommt zu Tom an den Tisch, nimmt seine Hand, will mit ihm tanzen. Die Band spielt ohne sie weiter. Ein langsames Stück. Sie wird es sich gewünscht haben. Sie will tanzen, damit jeder Mann im Raum sich wünscht, an Toms Stelle zu sein.

Tom will nicht tanzen. Aber er muss. Er muss gute Miene zum bösen Spiel machen. Lachen, wenn sie ihn lachend haben will. Nette Dinge sagen, wenn sie nette Dinge hören will. Wird er auch mit ihr schlafen müssen? Sie fasst seinen Po an. Nichts in ihm regt sich. Er möchte nicht, dass sie seinen Po anfasst. Aber er muss sie seinen Po anfassen lassen. Und jeder kann es sehen.

»Können wir mal reden?« Er schiebt sie von der Tanzfläche. An der Bar vorbei. Er will nicht in den Keller. Er will nach draußen, wo sie schwüle Luft empfängt. Es gibt keine Abkühlung.

»Hast du miese Laune?« Sie fragt das nicht. Sie stellt es fest, bemängelt es. Sie verschränkt die Arme vor der Brust, als könne sie so gute Laune aus ihm herauspressen.

»Pass auf«, sagt er. »Du hast doch selbst nichts davon, wenn du auspackst. Rollo wird auch nicht gerade begeistert sein.«

Isabelle grinst nur. So wie jemand grinst, der nichts zu verlieren hat. Sie sagt: »Ist dir klar, dass ich letztes Mal alles mit dem Handy gefilmt habe?«

Verena kennt die Lieder schon. Sie weiß, wieso Jesse sie ein ums andere Mal singen kann, als sänge er sie zum ersten Mal. Es gibt zwei Zugaben. Dann ist es vorbei und die Band stürmt in den Backstagebereich.

Jesse ist schweißnass, setzt als Erstes eine Wasserflasche an den Mund, rubbelt sich mit einem Handtuch trocken. Die Band ist aufgekratzt. Falsche Akkorde werden benannt.

Publikumsreaktionen aufgezählt. Jesse scheint vergessen zu haben, dass Verena da ist. Die Freundinnen der anderen reden mit. Wissen von den falschen Akkorden. Legen die Arme um schweißnasse Nacken. Aber Verena ist keine von ihnen. Sie ist eine, die zu Tom will.

Ein Typ mit Sonnenbrille erscheint. Er ist so alt wie Bernd. Oder älter. Alle scheinen ihn zu kennen. Es wird still, als er sich in den Kreis der Band stellt. Er sagt: »Das war wirklich gut. Mein Label braucht eine Band wie euch.« Was er sagt, löst Euphorie aus. Sie umarmen sich. Auch noch, als der dicke Mann wieder weg ist. Jesse löst sich aus dem Knoten, sieht sich um, scheint sich erinnert zu haben, dass Verena da ist. Er kommt auf sie zu.

»Ist das nicht geil!«

»Was?«

»Wir haben soeben einen Plattenvertrag bekommen.«

»Schön für euch.«

Er erwartet, dass sie sich freut. Er streckt die Arme aus, zieht sie zu sich, drückt sie an sein schweißnasses Shirt.

Verena muss an den Tag denken, als Tom mit Felix in den Brunnen gesprungen ist. An sein nasses Shirt. Tränen steigen ihr in die Augen.

Tom erscheint der Keller noch schäbiger als beim ersten Mal. Er hat den Charme des Verbotenen verloren. Es riecht schlecht.

»Mach zu«, sagt sie.

Tom schließt die Tür.

Isabelle setzt sich. Er setzt sich neben sie. Ihre Zunge verlangt Eintritt. Tom lässt sie herein. Er küsst Isabelle, wie Isabelle geküsst werden will. Sie nimmt seine Hände, legt sie um ihre Taille. Er lässt sie dort liegen. Isabelle drängt sich an ihn. Sie will, dass er reagiert. Der Körper. Tom. Sie glaubt, dass sie das kann. Ihn zu dem zu bringen, was sie will. Aber sie kann es nicht. Tom ist wie Eis. Wie Stein. Er fühlt jetzt gar nichts mehr. Nicht mal mehr die Angst vor Rollos Reaktion. Vor Verenas Reaktion. Tom fragt sich, wann die Marionette die Schnüre durchtrennt und endlich wegrennt.

Verena steckt mitten in der gut gelaunten Gruppe und treibt durch die Straßen Berlins. Jesse hat sie an der Hand genommen. Er redet ununterbrochen. Mal auf sie ein, mal auf einen seiner Freunde. Überhaupt wird dauernd geredet. Als wenn alles extrem wichtig wäre. Nur Verena sagt nichts. Gar nichts mehr. Aber das fällt niemandem auf.

Der Schlagzeuger sagt: »Eine Straße weiter hat ein Kumpel von mir in einem besetzten Haus ein Kulturzentrum aufgezogen. Wollen wir?«

Sie wollen.

In dem heruntergekommenen Haus herrscht Jahrmarktstimmung. Einige Zimmer sind zu Bars und winzigen Restaurants umgebaut worden. In anderen schmieren Künstler wild auf gigantische Leinwände, dreschen mit Kettensägen auf Baumstämme ein und verlöten Blechteile Funken sprühend mit der Schweißmaschine. In den Fluren bieten Leute Schmuck, Klamotten, Kunst zum Kaufen an. Aus dem Keller schallt Musik. Die Menschen sehen aus, als hätten sie einen Kostümwettbewerb ausgerufen - einer schriller als der andere.

Den Freund des Schlagzeugers finden sie im ersten Stock, wo eine nackte Frau ihm als Fotomodell dient. Jeder darf zusehen. Verena sieht weg.

Tom schiebt Isabelle von sich. So schnell, dass sie sich den Kopf an der Wand stößt.

Sie zieht die Augenbrauen hoch. Sieht aus, als könne sie nicht glauben, dass Tom das wirklich gewagt hat.

Tom sagt: »Du kannst dir deinen Film sonst wohin schieben. Ich werde es ihnen selber sagen. Das hätte ich schon längst tun sollen.« Er steht auf.

»Spinnst du jetzt?«, fragt sie.

»Jetzt nicht mehr«, sagt Tom.

Er verlässt den Keller, die Bar. Die Luft draußen tut gut, auch wenn sie schwül ist. Tom saugt sie ein, spürt, wie das, was zu Stein geworden war, wieder sein Körper wird. Wie das, was nicht mehr er war, wieder Tom wird. Egal was als Nächstes kommt. Es ist besser als das, was er gerade hinter sich gelassen hat. Er nimmt das Handy aus der Tasche. Er kann sie nicht anrufen. Sie ist in Berlin. Sie ist mit einem anderen zusammen. Er weiß nicht, was sie dort tut. Er kann ihr nur schreiben. Er muss ihr schreiben. Eine Verbindung zu ihr herstellen. Dann macht er sich auf den Weg nach Hause. Er muss mit Rollo reden.

Verena sucht Jesse. Er hat ihre Hand losgelassen und dann war er weg. Verena will ihm eine Nachricht schreiben und findet eine Nachricht von Tom. Sie spürt, dass ihr Herz schneller schlägt, als sie sie öffnet. Es sind nur drei Worte, die alles bedeuten können.

Wir müssen reden.

Irgendwer tippt Verena auf die Schulter. Ein Typ will ihr Gras verkaufen. Sie will nicht.

Sie liest noch einmal die Nachricht. Sie kann an nichts anderes mehr denken als daran, dass Tom mit ihr reden will. Sie will auch mit ihm reden. Sie will ihm sagen, dass diese ganze Auszeit eine totale Scheißidee war. Dass sie das, was ihnen gefehlt hat, auch beieinander finden werden, wenn sie nur wollen. Dass sie ihn liebt. Sie will ihm all das sagen. Sofort. Bevor er das Gegenteil von all dem sagen kann. Sie wählt Toms Nummer. Im nächsten Moment wird das Display dunkel. Der Akku ist leer. Sie hat nicht daran gedacht, ihn vor der Reise aufzuladen.

Jemand stößt sie. Verena wird an die Wand gepresst. Die Gänge sind jetzt so voll, dass sich die Menge wie ein Wurm durch sie hindurchwindet. Wenn sie Tom suchen würde, hätte sie es einfacher. Er würde alle anderen überragen. Aber Tom ist nicht hier. Tom ist am anderen Ende der toten Leitung.

»Verena!« Jesse steht vor ihr. Sie hat ihn nicht kommen sehen. »Sollen wir abhauen?«

Tom sieht zum Haus hoch. In Rollos Zimmer ist Licht. In allen Zimmern ist Licht. Musik ist zu hören. Grönemeyers Reibeisenstimme. Tom kann sich keinen Reim darauf machen. Er geht auf die Haustür zu. Er klingelt. Er klopft. Niemand reagiert. Er öffnet mit seinem Schlüssel. Eine Weile steht er unschlüssig im Flur, lauscht. Er spürt, dass etwas nicht stimmt.

Er ruft: »Hallo?«

Es antwortet niemand.

Die Musik kommt aus dem Wohnzimmer. Im Wohnzimmer ist niemand. Auch nicht in der Küche. Tom steigt die Treppe hinauf. Als er oben angelangt ist, sieht er Rollo, der vor der Tür zum Elternschlafzimmer hockt, den Kopf auf den Armen, die Arme auf den angezogenen Knien.

»Rollo!«

Rollo hebt den Kopf, sieht Tom entgeistert an.

»Alles in Ordnung?«

Rollo schüttelt den Kopf. »Sie will nicht aufmachen.«

»Inge?«

»Als ich nach Hause kam, war abgeschlossen und sie reagiert nicht.«

»Und du denkst ...?«

»Keine Ahnung, was ich da denken soll. Scheiße, verdammte, was mach ich denn jetzt?«

Tom tritt an die Tür, Rollo rutscht zur Seite. Tom legt das Ohr an das Türblatt. Nichts. Er schaut durchs Schlüsselloch. Der Schlüssel versperrt die Sicht. Tom hämmert mit der Faust gegen die Tür. Er ruft: »Inge, ich bin es, Tom, mach mal auf!« Nichts. Tom sieht Rollo an. In dessen Augen Panik steht.

»Scheiße«, sagt Rollo. »Scheiße, Scheiße, Scheiße.«

Verena schaut Jesse zu, der die Tür aufschließt. Das Zimmer ist nobel. Es gibt eine Sitzgruppe, einen Flachbildfernseher, einen Obstkorb auf dem Tisch.

»Eine Minibar«, sagt Jesse. »Das geht alles auf Spesen. Und wenn nicht, hey, wir haben einen Plattenvertrag!« Er lacht. »Wodka oder Gin?«

»Nichts.«

Jesse öffnet trotzdem zwei Fläschchen, gibt ihr eine. »Stoßen wir an.«

»Auf den Plattenvertrag?«

Jesse schüttelt den Kopf. »Auf dich.« Er nimmt Verenas freie Hand. »Du bist ganz offensichtlich mein Glücksbringer. Seit ich mit dir zusammen bin, passieren die coolsten Sachen.«

Verena will ihm sagen, dass sie nicht zusammen sind. Dass sie nicht mal zusammen mit ihm hier sein will. Aber er redet schon weiter.

»Ich hab ihn gesehen und dachte: Das ist er. Der gefällt ihr. Es ist zwar nicht der alte, aber manchmal ist es auch gut, ganz neu anzufangen.« Er hat aus seiner Hosentasche etwas hervorgeholt und hält es Verena hin. Es ist ein Ring. »Ich war mir nicht sicher mit der Größe, aber der Typ meinte, man kann ihn bei jedem x-beliebigen Juwelier enger machen lassen. Oder weiter.«

Verena sieht den Ring an. Es ist ein schöner Ring. Bestimmt war er teurer als der Ring, den Tom ihr geschenkt hat. Den sie verloren hat. Den sie mehr als alles auf der Welt zurückhaben möchte. Tränen sammeln sich in Verenas Augenwinkeln, drängen nach draußen. Ihre Kehle ist wie zugeschnürt, als sie sagt: »Gibt es auch Nachtzüge? Ich möchte nach Hause.«

Tom betrachtet die Splitter. Sie sind überall. Auf der Tür, die auf dem Boden liegt. Auf dem Bett. Auf Inge, die neben dem Bett liegt. Sie rührt sich nicht, liegt da mit geschlossenen Augen, bewegt sich nur, weil Rollo an ihr rüttelt. Sie hört vermutlich nicht, dass er sie ruft. Für einen Moment weiß Tom nicht mehr, welche Nummer es ist. 112 oder 110. Dinge, die einem so oft eingebläut wurden, bleiben doch nicht im Gedächtnis haften. Erst nachdem sie einmal wirklich gebraucht wurden, sind sie unlöschbar ins Hirn graviert.

»Hier hat jemand Schlaftabletten genommen. Wie viele, wissen wir nicht. Und Wein dazu. Sie rührt sich nicht.« Tom gibt die Adresse an. Sagt viel zu oft, dass der Rettungswagen sich beeilen soll.

Rollo hat Inge aufgerichtet, stützt ihren Körper. Er sagt: »Wir tragen sie runter. Dann geht es gleich schneller.«

Tom will nicht widersprechen. Will nicht sagen, dass ein lebloser Körper schwer ist, dass sie ihn fallen lassen könnten. Er die Treppe hinunterrollen könnte wie ein nasser Sack. Rollo braucht das Gefühl, etwas zu tun. Etwas Sinnvolles. Auch wenn es keinen Sinn ergibt.

Verena steht vor dem Taxi, Jesse neben ihr. Er sagt: »Dann war es das?«

Sie nickt. »Es war aber schön.«

»Nicht schön genug, offensichtlich.«

Verena sieht zu Boden. In Berlin bestehen die Bordsteine aus großen Platten. Sie sagt: »Wir passen doch gar nicht zusammen.«

Jesse sagt nichts.

Verena weiß nicht, was in einer solchen Situation zu tun ist. Ob sie Jesse trotzdem umarmen soll. Gar küssen. Ob sie einfach ins Taxi steigen soll. Ohne irgendwas.

Er nimmt ihr die Entscheidung ab. Legt seine Hand auf ihre Schulter und sagt: »Du liebst eben einen anderen.«

Verena schlingt die Arme um Jesses Hals, drückt ihm einen Kuss auf die Wange, verschwindet auf dem Rücksitz des Taxis. Sie winkt. Jesse nicht. Er dreht sich um und verschwindet im Hoteleingang. Als er weg ist, kann Verena wieder atmen.

Tom wundert sich, wie langsam die Zeit verstreicht. Wenn nichts passiert außer Warten.

Inge liegt im Flur auf dem Boden. Rollo hat ihr Schuhe angezogen.

Tom sucht nach den richtigen Worten. »Das wird schon wieder.«

Rollo beugt sich über Inges Gesicht. Prüft zum x-ten Mal, ob sie noch atmet. »Wir hätten den Scheißgrillabend nicht vergessen sollen.«

»Das hat bestimmt nichts damit zu tun«, sagt Tom. Und glaubt nicht, was er sagt. Vielleicht war das nicht der Grund, aber vielleicht der Auslöser.

Draußen sind Sirenen zu hören. Erst ganz leise, dann immer lauter. Das Blaulicht dringt durch die Glasbausteine in den Flur.

Rollo springt auf, reißt die Tür auf, ruft: »Hier!«

Jetzt geht es schnell. Die Sanitäter packen Inge auf die Liege, schieben sie in den Rettungswagen. Rollo steigt mit ein. Dann sind sie weg.

Tom steht vor der Haustür. Minutenlang. Zuerst spürt er nichts, dann die Kühle, die sich nachts über alles legt. Auch auf seine Haut. Er zittert. Ob von der Kälte oder von innen, kann er nicht feststellen. Er weiß nur, dass das Einzige, was ihn jetzt wärmen könnte, Verena ist. Aber Verena ist in Berlin und ahnt nichts.

Verena sitzt am Fenster. Außer ihr befinden sich nur noch drei Männer im Abteil. Geschäftsmänner, deren Gesichter vom fahlen Licht der Laptops beleuchtet werden. Sie sitzen so weit es geht voneinander entfernt, als gälte es, eine ansteckende Krankheit zu vermeiden. Auch Verena hat sich einen Platz ausgesucht, auf dem sie niemand stören kann. Sie hat die Schuhe ausgezogen, um die Knie anzuziehen. Sie starrt auf das Display ihres Handys, als ob es da was zu sehen gäbe. Es ist immer noch schwarz. Wie die Nacht.

Ab und zu tauchen menschenleere Bahnhöfe auf. Vereinzelt brennt Licht in Häusern. Verena fragt sich, was die Menschen zu so später Stunde tun. Vielleicht müssen auch sie sich eingestehen, dass sie einen Fehler gemacht haben. Vielleicht liegen sie sich in den Armen. Sagen sich, dass jetzt alles wieder gut wird und nie wieder schlecht.

Tom hinterlässt eine Nachricht auf Bernds Mailbox: »Inge hat versucht, sich umzubringen. Du musst sofort herkommen. Krankenhaus Südstadt. Rollo ist hier. Ich kann Verena nicht erreichen.«

Er fragt sich, ob solche Nachrichten einfach so auf eine Mailbox gesprochen werden dürfen. Ob sie schonender, persönlich überbracht werden müssen. Wieso es überhaupt so weit kommen muss, dass solche Nachrichten überbracht werden müssen.

Bernd ahnt nichts von dem, was er angerichtet hat. Er schläft neben Sigrid, mit der er nach vorne und nicht zurück schaut. Wenn er sein Handy anschaltet, wird sich seine Welt verändern. Wird das schlechte Gewissen, das er bisher vielleicht wegdenken konnte, zuschlagen wie eine Abrissbirne. Deutlicher konnte Inge es nicht sagen.

Tom versucht es noch einmal bei Verena. Wieder ist nur die Mailbox dran. Er muss sich entscheiden. Ob er sie schont. Ob sie ein Recht darauf hat, ungeschont zu bleiben. Er entscheidet sich. Er spricht auch ihr die nackten Fakten drauf. Schickt ein »Ich liebe dich« dazu.

Verena will zu Toms Haustür gehen, sieht dann, dass in ihrem eigenen Haus alle Lichter brennen. Sie kann sich keinen Reim darauf machen, spürt nur ein leichtes Ziehen im Bauch. So als würde sich etwas ankündigen.

Sie schließt auf, tritt in den Flur, ruft: »Hallo? Jemand zu Hause?«

Niemand antwortet.

Sie geht in die Küche. Ins Wohnzimmer. Es sieht alles aus wie immer. Sie läuft die Treppe hoch. Die Tür zum Schlafzimmer ist zerstört. Das Türblatt liegt im Raum, als hätte es sich zum Schlafen hingelegt. Splitter liegen auf dem zerwühlten Bett. Das Ziehen in Verenas Bauch ist jetzt so stark, dass Übelkeit hochsteigt. Die Bilder wechseln sich auf ihrer inneren Leinwand ab. Männer mit Strumpfmasken. Eine Axt. Ein Tuch mit Betäubungsmittel getränkt.

Verena rennt zu Rollos Zimmer. Sie wünscht sich, dass Rollo da ist. Weiß aber genau, dass er weg ist. Nicht friedlich in seinem Bett liegt. Es nicht für alles eine Erklärung gibt.

Das Zimmer ist leer. Genau wie ihres. Sie entdeckt das Aufladegerät auf dem Schreibtisch und schließt das Handy an. Die Mailbox ist voll. Alle Nachrichten sind von Tom.

12

Tom ist orange. Verena ist orange. Rollo ist orange. Alles ist orange. Die Sonne geht so spektakulär unter, als hätte sie etwas zu sagen. Tom hat etwas zu sagen.

Rollo sitzt ganz oben auf dem Klettergerüst. Tom auf der einen, Verena auf der anderen Schaukel. Tom fragt sich wieder, wieso Bernd die Schaukel noch nicht abgebaut hat. Ob er auf baldige Enkel hofft. Oder einfach nur faul ist. Ob er wusste, dass sie noch einmal hier sitzen werden, in diesem abgefahrenen Orange, ein Wassereis in der Hand, als wären sie wieder Kinder.

Rollo sagt: »Kommt sie jetzt in die Klapse?«

»Quatsch«, sagt Verena.

Und Tom: »So was kann man auch ambulant behandeln.«

Verena streckt die Hand aus, damit Tom sie ergreift.

Rollo legt sich auf den oberen Balken, sieht jetzt aus, als würde er vom Orange aufgenommen. Wie von einem Ufo, das Leute von der Erdoberfläche saugt. Er sagt: »Und wenn sie es wieder versucht?«

»Ach was«, sagt Tom. Er fragt sich, wie Rollo das hinkriegen wird, so ganz alleine mit Inge. Wenn Tom und Verena in Marburg sind. Er möchte lieber heute als morgen abfahren.

Rollo sagt, als habe er Toms Gedanken gelesen: »Ich kann

noch ein Jahr auf sie aufpassen. Danach mach ich mich auch vom Acker.«

Weil sie nicht im selben Takt schaukeln, ziehen Tom und Verena aneinander vorbei, im Wechsel. Verenas Handfläche ist heiß und feucht. Tom scheint es, als würden seine Poren ihren Schweiß aufnehmen. Ein Stück von ihr in ihn hineinfließen. So genau nimmt er die Berührung wahr. So wenig möchte er sie unterbrechen. Riskieren, dass Verena ihm ihre Hand entzieht. Nicht jetzt. Sowieso fragt Tom sich, ob Verena und Rollo nicht schon genug haben, das sie verdauen müssen. Ob es nicht besser wäre, die Klappe zu halten.

Verena steigt von der Schaukel. Ohne seine Hand loszulassen. Sie braucht ihn, wie er sie braucht. Sie hat das Eis aufgegessen. Der Stiel steckt zwischen ihren Zähnen. Sie bremst ihn, setzt sich rittlings auf seinen Schoß, um mit ihm zusammen weiterzuschaukeln. Sie legt ihren Kopf auf seine Schulter, sucht sein Ohr und flüstert hinein: »Ich weiß ja nicht, wie du das siehst. Aber ich, ich möchte diese Auszeit nicht mehr.«

Tom flüstert zurück: »Ich auch nicht. Ich möchte nur dich. Und dass alles wieder gut ist.«

Verena sieht ihn an. Wie Verena ihn ansieht, wenn sie nichts sieht außer ihm. Wenn er sich jetzt etwas wünschen könnte, würde er wollen, dass sie ihn niemals wieder anders ansieht. Er wünscht es sich. Wem nützt die Wahrheit, wenn sie alles kaputt macht, was noch ganz ist.

Auf Verenas Haaren leuchtet die Sonne orange. Wie ein Heiligenschein, in dem Hunderte Härchen tanzen. Tom kann sich nicht sattsehen an Verena.

»Ich liebe dich«, sagt er.

»Ich liebe dich«, sagt sie.

Es piepst. In unmittelbaren Abständen drei Mal. Von oben, von vorne, in seiner Gesäßtasche.

»Vielleicht Papa aus dem Krankenhaus«, sagt Verena. Sie steigt von Toms Schoß.

Rollo springt vom Gerüst.

Beide holen ihre Handys aus den Hosentaschen.

Nur Tom lässt seins darin. Versucht, den Moment zu fangen, der davor liegt. Der noch ganz ist. Perfekt. Er weiß, auch ohne nachzusehen, was sie als Nächstes erwartet.

Ein Jahr später

Verena sagt: »Das ist es.«

»Wirklich?« Inge betrachtet sich von allen Seiten im Spiegel.

»Definitiv. Sexy, aber nicht zu viel. Das perfekte Erste-Date-Kleid.«

Inge sieht aus wie ein Huhn vor der Schlachtbank. »Und wenn er einen Schnauz hat?«

»Steck einen Einwegrasierer ein.«

»Und wenn er dick ist?«

»Das soll sehr kuschelig sein.«

»Wer weiß, wessen Foto er da ins Netz gestellt hat!«

Verena fasst Inge an den Schultern, sieht ihr in die Augen, sagt: »Mama! Es wird bestimmt ganz toll. Und wenn nicht, dann geht davon auch nicht die Welt unter.«

Inge zieht Verena an sich, vergräbt den Kopf an Verenas Schulter. »Verkehrte Welt«, sagt sie. »Ich sollte dir Datingtipps geben und nicht umgekehrt.«

Verena drückt ihr einen Kuss auf das Haar. Frisch gewaschen, eingedreht, besprüht, zurechtgezupft. »So herum ist es schon in Ordnung.«

Inge wirft noch einen letzten Blick in den Spiegel, strafft

sich, marschiert aus dem Zimmer, die Treppe hinunter, in die Küche. Sie dreht sich im Kreis, wirft den Kopf nach hinten.

Rollo pfeift wie ein Bauarbeiter. Dann schaut er Verena von oben bis unten an. »Und du? Gehst du so?«

»Spricht was dagegen?«

Rollo zuckt mit den Schultern.

Tom steigt aus dem Zug. Auf dem Bahnsteig ist viel los. Hannes' Kopf ragt aus der Menge. Als würde er springen, um Tom zu finden. Tom winkt. Als sie voreinander stehen, umarmen sie sich.

Hannes sagt: »Gib mir deinen Rucksack.«

»Kommt nicht infrage.«

»Meinst wohl, ich bin zu alt dafür.«

»Meinst wohl, du müsstest mir beweisen, dass du noch jung bist.«

Sie lachen, bahnen sich den Weg zur Rolltreppe, gehen bis zum Parkplatz auf der Rückseite des Bahnhofs. Hannes drückt auf seinen elektronischen Autoschlüssel. An einem knallroten Cabrio blinken die Lichter auf.

Tom lacht. »Nicht dein Ernst!«

Hannes läuft auf das Auto zu, stellt sich davor in Pose, als wollte Tom ein Foto schießen. »Gefällt sie dir?«

»Sie?«

»Ein Er ist das ja wohl nicht!« Hannes streichelt den Lack. »Sie heißt Carmen.«

»Papa, du bist schwer in der Midlife-Crisis.«

Hannes lacht. »Macht aber Spaß.« Er schwingt sich, ohne die

Tür zu öffnen, auf den Fahrersitz. Es sieht bescheuert aus. Tom muss lachen. Hannes lacht ebenfalls. Er sagt: »Warte nur, bis du das neue Spielzeug siehst, das in meinem Wohnzimmer steht.«

Verena steht vor dem Schrank und sieht die Klamotten durch. Sie holt das Kleid heraus, das Tom ihr zum dreizehnten Geburtstag geschenkt hat. Es ist wie ein Alien unter all den Klamotten, die jetzt modern sind. Aber Verena kann es trotzdem nicht wegwerfen. Es stammt aus guten Zeiten. Die immer gut bleiben werden. Als zwischen Tom und ihr noch keine Verletzungen, Lügen, Mauern standen. Sie fragt sich nicht mehr. Wieso sie, wieso er es nicht geahnt hat. Dass so was nicht gut gehen kann. Dass etwas, das einen Riss bekommt, nie wieder heil werden kann. Sie will sich nicht mehr mit der Frage quälen, ob er tatsächlich mehr Schuld auf sich geladen hat als sie. Weil es Isabelle war. Nicht irgendeine Fremde. Isabelle, die ihr ins Gesicht gelacht hat, nachdem es passiert war. Isabelle, die mit Rollo zusammen war. Isabelle, die Letzte, die Verena Tom zugetraut hätte.

Sie hält sich das Kleid vor den Körper. Es war einmal wie für ihn gemacht. Sie könnte es anprobieren, aber sie hängt es zurück in den Schrank. Sie wird so bleiben, wie sie ist. Sie ist jetzt die, die sie ist. Vielleicht sollte sie nur ein Shirt zum Wechseln mitnehmen.

Sie geht die Treppe hinunter. Rollo kramt im Kühlschrank. Verena sieht auf die Uhr. »Kommst du?«

»Ich hab Kohldampf.«

»Wir kommen aber zu spät.«

»Die haben doch nie was im Kühlschrank. Nur Pastinaken und so 'n Scheiß.«

Verena greift in eine Schublade, findet einen Müsliriegel, wirft ihn Rollo zu.

Er fängt ihn instinktiv, schaut die Verpackung an und verzieht das Gesicht. »Bin ich ein Vogel?«

Verena nimmt ihn an der Hand, zieht ihn mit sich. In den Flur. Aus der Haustür. Zu den Fahrrädern. Während Rollo sein Schloss nicht aufbekommt, schaut Verena zum Nachbarhaus. Es ist jetzt rot gestrichen, hat neue Fenster, der Vorgarten ist asphaltiert. Fast nichts erinnert mehr an das Haus, das es einmal war. Fast alles erinnert an die Menschen, die einmal darin gewohnt haben.

Tom kann es nicht fassen. In Hannes' Wohnzimmer steht ein Billardtisch.

Hannes fragt: »Spielchen?«

»Wenn dein aufgeplustertes Ego noch verlieren kann.« Tom greift nach einem Queue.

Hannes sortiert die Kugeln im Dreieck. »Du stößt an.«

Toms Nachdruck lässt die Billardkugeln auseinandertreiben wie bei einer Explosion. Wenn sie zusammenstoßen, ändern sie die Richtung. Eine halbe landet im Loch.

Hannes pfeift anerkennend und prüft die Lage, fragt: »Und? Was steht heute Abend so Wichtiges an, dass du deinen alten Single-Papa besuchst?«

»Jahrestreffen.«

»Vom Abi? Aber das war doch ein ganz anderes Datum.«

»Privat.«

Hannes stößt. Schafft es aber nicht, die Kugel zu versenken. »Also die alten Freunde.«

»Genau.« Tom setzt sich auf die Kante des Tisches und führt den Queue um den Rücken herum.

»Studierst du auch oder spielst du in Marburg nur Billard?«

»Billard und Kicker.« Tom stößt und versenkt.

»Du willst mir zeigen, dass deine Generation uns unaufhaltsam vom Feld räumt, was?« Hannes lacht, versucht es erneut, trifft wieder nicht, greift nach der Kreide, schmiert die Spitze des Queues ein, als wenn es daran liegen würde. »Kommt Verena auch?«

Tom stößt, rutscht ab, der Queue schrappt über den Filz des Tischs und hinterlässt eine Narbe.

Verena sieht sich um. Die Wohnung ist ein einziges Chaos. Bernd sieht aus, als hätte er seit Tagen nicht geschlafen. Wahrscheinlich hat er nicht.

Er zählt auf: »Aufwachen werden sie schätzungsweise in einer halben Stunde. Die Fläschchen nur noch auffüllen. Wasser ist in der Thermoskanne. Fine spuckt im Moment viel. Finn hat Durchfall. Windeln sind im Schrank. Die Spieluhr hakt. Müsst ihr zweimal ziehen.«

»Und Atem holen, Papa.« Verena legt Bernd die Hand auf die Schulter. Er sieht aus, als würde er jeden Moment anfangen zu heulen.

»Sigrid löst euch dann ab. Sie ist aber auch jetzt schon jederzeit auf dem Handy zu erreichen.«

»Wissen wir, wissen wir.« Rollo legt seine Hand auf die andere Schulter.

Bernd sieht vom einen zum anderen. »Danke, Kinder. Ihr rettet uns mal wieder das Leben. Zur Belohnung gehen wir bald mal schick essen. Nur wir drei. Wie in alten Zeiten.«

»In alten Zeiten waren wir zu viert.« Rollo grinst.

Bernd nicht. »Geht es ihr gut?«

»Sie hat ein Date.«

Verena boxt Rollo auf den Arm. »Quatschmaul.«

»Wieso? Wenn Papa eine neue Familie gründen darf, dann darf Mama ja wohl ein Date haben!«

Bernd nickt. »Sie soll glücklich sein.«

»So wie du?« Rollo deutet auf das Chaos.

»So wie ich!«

Tom fährt mit dem Aufzug nach unten. Die Luft ist warm. Zu warm. Die Klimaanlage in Hannes' Wohnung hat darüber hinweggetäuscht, dass die Sonne gnadenlos ist. Tom schwitzt. Er entscheidet, die U-Bahn zu nehmen, ist froh, als der Untergrund ihn kühl empfängt. Es sind nicht viele Leute in der Bahn.

Tom setzt sich an einen Fensterplatz. Er sieht die Stationen an sich vorbeiziehen. Die Bahn hält an der Universität. Hier ist es voller auf dem Bahnsteig. Tom sucht zwischen den Menschen nach Verena. So wie er sie immer sucht. Auch an Orten, an denen sie nicht sein kann. Sogar in Marburg, wenn das Licht durch die Gassen fällt und er für einen Moment denkt, ihre Haare leuchten zu sehen.

Tom steigt am Markt aus. Er kennt das Restaurant nicht. Sigrid hat es ausgewählt. Er wollte sie erst alleine treffen, bevor er seine neuen Geschwister kennenlernt.

Als er eintritt, entdeckt er sie an einem der Tische. Sie hat die

Haare kürzer geschnitten, ist dünn geworden. Um ihren Mund herum haben sich tiefe Falten eingegraben. Tom fragt sich, ob auch er daran schuld ist. Er hätte eher kommen müssen. Zur Geburt der Zwillinge. Spätestens.

Verena hat Angst, dass sie Finn fallen lässt. Sie hält ihn im Arm wie in einer Schraubzwinge. Er fühlt sich nicht wohl. Aber Verena kann nicht locker lassen. Rollo dagegen sieht aus wie ein junger Vater. Er verschwendet nicht einen Gedanken daran, dass er etwas falsch machen könnte. Fine saugt gierig an der Flasche, die großen Augen auf Rollo geheftet. Sie sind wie eins.

Verena fragt: »Und wenn er nicht kommt?«

Rollo schreckt auf, so versunken war er. Der Duft, der von den Babys aufsteigt, vernebelt ihm das Hirn. Er ist über beide Ohren verliebt. »Klar kommt der. Hat er mir doch geschrieben.«

»Und wenn es total scheiße wird?«

Rollo wischt Fine Milch vom Kinn. »Es ist ein Jahr her. Hast du vor, ihn zu verprügeln?«

Verena kann kaum glauben, dass es ein Jahr her ist. Weil zwar nichts mehr ist wie vorher, sie selbst aber auf der Stelle tritt. Als ob Tom sie in einen Dornröschenschlaf versetzt hätte, aus dem sie nicht mehr erwachen kann.

Rollo lacht. »Wer hätte gedacht, dass ich meine Auszeit zwischen Abi und Studium mit Windelwechseln verbringen würde.« Er sieht zu Verena rüber. Sie versucht ebenfalls zu lachen, aber es gelingt ihr nicht.

Toms Teller ist nur halb leer.

»Nachtisch?«, fragt Sigrid.

»Bloß nicht.« Tom wundert sich, dass er überhaupt etwas hat essen können. Die Aufregung schnürt ihm die Kehle zu. Er kann, als der Kellner abräumt, schon nicht mehr sagen, was er auf dem Teller hatte.

»Ich bestelle mir noch was«, sagt Sigrid. »Ich kann gerade in mich reinstopfen, was ich will, ich nehm nicht zu.«

»Aber ab.«

»Zu viel?«

»Schon ein bisschen.«

Sigrid winkt nach dem Kellner, bestellt Pannacotta. Während sie warten, streicht sie über den Rand ihres Glases, als wollte sie Musik machen. Sie sagt: »Ich wünschte, wir hätten euch nicht so wehgetan.«

Tom zuckt mit den Schultern. »Ging ja nicht anders.«

Der Nachtisch kommt. Der Kellner hat zwei Löffel mitgebracht.

»Ich wollte dich das immer fragen«, sagt Sigrid, fragt aber nicht.

»Was denn?«

»War es wegen uns, dass du und Verena ... Dass ihr euch getrennt habt?«

Tom schüttelt den Kopf. »Das war unsere eigene Blödheit.«

»Wirklich schade. Ihr wart es einfach füreinander gewesen.«

Tom sagt nichts. Auch wenn er ihr recht geben könnte. Verena war es für ihn. Und es war seine Dummheit, dass sie nicht mehr zu ihm gehört. Seine und ihre. Es hat nicht gut gehen können. Das weiß er jetzt. Nicht bei ihnen. Nicht so. Wenn er könnte, würde er die Zeit zurückdrehen.

Tom senkt den Blick auf die Fotos, die vor ihm auf dem Tisch liegen. Zwei pausbäckige Babys, die jetzt zu ihm gehören. Tom fragt sich, ob er und Verena dadurch automatisch eine Familie sind. Weil ihrer beider Blut in diesen Babys fließt.

Verena hört den Schlüssel im Schloss. Sie hastet zur Tür und legt den Finger auf den Mund, flüstert: »Sie sind gerade eingeschlafen.«

Sigrid geht auf Zehenspitzen hinter Verena her, strahlt bei dem Anblick, der sich ihr bietet. Alle drei schlafen. In der Mitte Rollo, links im Arm Finn, rechts Fine.

»Er wird mal ein toller Papa«, flüstert Sigrid.

»Wenn er jemals eine feste Freundin findet, mit der er Kinder kriegen kann.«

Sigrid sieht Verena an. Betrachtet den Spuckefleck auf ihrem Shirt. »Fahrt ihr direkt von hier aus zum Treffen?«

Verena sagt: »Diesmal habe ich was zum Wechseln mit.«

Sigrid sieht sie immer noch an. Als wenn sie etwas suchen würde. Sagt: »Er war so aufgeregt, dass er kaum einen Bissen herunterbekommen hat.«

Verena sagt nichts. Sie geht zum Sofa, beugt sich über Rollo und macht sich an die schwere Aufgabe, ihn zu wecken.

Tom ist der Erste. Der Laden ist leer. Hinter dem Tresen hängt jetzt ein Spiegel. Der Kicker steht in einer anderen Ecke. Ansonsten ist alles wie vor einem Jahr. Tom setzt sich auf einen Barhocker, legt die Jacke auf zwei weitere, um sie freizuhalten. Er bestellt.

Verena weiß, dass er kommt. Sie weiß es von Rollo, der seit ein paar Wochen wieder mit Tom Nachrichten austauscht. Aber Tom weiß nicht, ob Verena sich freut, dass er kommt. Rollo hat ihm, was Verena angeht, nichts gesagt. Weil sie es so wollte.

Tom spürt seine Fingerspitzen. Sie sind eiskalt. Obwohl es heiß ist in der Bar. Er hätte nicht so früh herkommen sollen. Hier kann er nichts tun, als zur Tür zu starren und dem Vibrieren seines Körpers zu lauschen.

Nach einer Weile kommen Felix und Anna, sorgen dafür, dass Toms steifem Körper wieder ein bisschen Leben eingehaucht wird.

»Alter!« Felix fällt Tom um den Hals.

Auch Anna drückt ihn, sagt: »Wir haben eben noch gewettet.«

»Ich hab gesagt, du kommst!«, sagt Felix.

»Ich hab gedacht, du kneifst in letzter Sekunde.« Anna drückt Tom noch mal. »Du bist echt so ein Arsch. Lässt dich ein Jahr lang kein einziges Mal blicken.«

»Aus den Augen, aus dem Sinn«, sagt Felix. »Der hat jetzt coolere Freunde als uns.«

Tom boxt Felix gegen den Arm. »Coolere gibt es doch gar nicht.«

Anna nimmt Toms Glas und trinkt einen Schluck. Dann nickt sie und sagt, als müsste sie es Tom erklären: »Schon klar, dass du Schiss hast, sie zu sehen.«

Verena fragt Rollo: »Bist du noch sauer auf ihn?«

Rollo hat wieder Schwierigkeiten mit seinem Schloss, fummelt daran herum. »Ich bin sauer auf diese Scheiße hier!«

»Sag mal.«

Rollo blickt auf, sieht durch Verena hindurch, denkt nach, als wisse er die Antwort selbst nicht so genau, sagt dann: »Nein. Immerhin hat er mir vor Augen gehalten, was sie für eine war. Irgendwie ist die Wut verraucht. Er ist ja trotzdem noch Tom. Auch wenn er Scheiße gebaut hat.«

Verena beugt sich über Rollos Fahrrad, nimmt ihm das Schloss aus der Hand und schließt es beim ersten Versuch.

»Und du?«, fragt Rollo.

Verena seufzt. In ihr ist viel zu viel auf einmal, als dass sie das eine vom anderen Gefühl unterscheiden könnte. Sie spürt nur, wie ihr das Gehen schwerfällt, wie etwas in ihr weglaufen, etwas vorwärtsrennen möchte. Wie sie zittert und gleichzeitig ganz still ist. Wie die Worte in ihrem Hals in den Startlöchern stehen und ebenso alle verschwunden sind.

Tom sieht Rollo eintreten. Für einen Moment scheint es, als wäre er alleine. Aber dann betritt auch Verena den Raum. Durch die offene Tür fällt so viel Licht in das dämmrige Innere, dass Tom zuerst nur Verenas Umrisse erkennen kann. Erst nach und nach schält sich ihre ganze Person heraus.

Das Erste, was Tom denkt, ist, dass sie schön ist. Das Zweite, dass dieser Moment dem gleicht, als sie sich das erste Mal gesehen haben. Er sieht sie nach so langer Zeit zum ersten Mal und weiß doch, dass sie ihm unendlich vertraut ist. Dass sie sein Mädchen ist. Das Wissen, dass sich in ihm nichts verändert hat, trifft ihn so unvermittelt, dass er völlig regungslos dasitzt.

Sie schaut an ihm vorbei. Begrüßt Felix und Anna. Erst danach ist er an der Reihe. Sie sieht ihm direkt in die Augen. Ihr Blick ist seltsam. Stolz einerseits. Als wollte sie ihm zeigen, dass er sie nicht wieder verletzen kann. Andererseits so unstet, dass er spürt: Sie ist genauso aufgewühlt wie er.

Verena sieht Tom an. Sie schaut ihn nicht nur an, sie *sieht* ihn. Alles, was Tom ist. Sie ist ihm so lange nicht begegnet, dass es sie trifft wie ein Tsunami. Sie wird weggespült. Sie hätte nicht damit gerechnet, dass ihr das passiert. Sie hatte sich vorgestellt, dass sie nichts fühlt. Vielleicht eine leichte Vertrautheit, weil die sich nicht vermeiden lässt. Vielleicht Wut. Was sie aber fühlt, ist eine heiße Welle, die ihren Körper erfasst, die alles wegreißt, was Verena zum Schutz erbaut hat. Die, als sie sich zurückzieht, abgerodete Fläche zurücklässt, Tabula rasa, etwas, das darauf wartet, neu bebaut zu werden. Sie kann den Blick nicht von Tom abwenden. Sie kann nicht sagen, was sie sich zu sagen vorgenommen hat. Eigentlich kann sie gar nichts. Jemand anderes muss für sie handeln.

Tom holt etwas aus der Hosentasche. Sie kann es erst erkennen, als er ihr die offene Handfläche hinhält. Es ist ein Ring. Es ist ihr Ring. Der Ring, den sie verloren hat. Der Anblick des Rings verwirrt sie. Sie fragt sich, wo Tom ihn herhaben könnte.

»Es ist ein neuer«, erklärt Tom. »Ich habe ihn aus der Erinnerung nachgezeichnet und von einem Goldschmied machen lassen. Ich dachte ...« Er spricht nicht weiter, sitzt da, die Hand ausgestreckt, und versucht, die Tränen zurückzuhalten. Sein Gesicht verzerrt sich dabei. Verena kann den Schmerz spüren, den er spürt. Tom sagt: »Ich dachte, du solltest ihn haben. Auch wenn du ihn natürlich nicht mehr tragen wirst. Aber als Erinnerung. An unsere Jahre.«

Verena nimmt den Ring und steckt ihn an den Finger. Sie weiß nicht, wieso sie das tut, es geschieht von ganz alleine. Der Ring passt wie angegossen.

Toms Hand nähert sich ihrem Gesicht. Sie denkt, er will die Tränen von ihren Wangen wischen. Aber er streicht ihr nur die Strähne aus dem Gesicht. Als seine Hand dabei ihre Wange berührt, weiß sie, dass nichts mehr eine Rolle spielt. Außer, dass es Tom sein muss, der von nun an die widerspenstige Strähne aus ihrem Gesicht streicht.